呼和浩特文史资料第二十三辑

长城拥抱黄河

宋和平　高晓梅◎著

远方出版社

图书在版编目（CIP）数据

长城拥抱黄河 / 宋和平，高晓梅著. —— 呼和浩特：远方出版社，2024.3

ISBN 978-7-5555-1864-8

Ⅰ．①长… Ⅱ．①宋…②高… Ⅲ．①散文集 – 中国 – 当代 Ⅳ．① I267

中国国家版本馆 CIP 数据核字（2024）第 070821 号

长城拥抱黄河

CHANGCHENG YONGBAO HUANGHE

著　　者	宋和平　高晓梅
责任编辑	蔺　洁　白秉鑫
责任校对	蔺　洁　李嘉麟
封面设计	李鸣真
版式设计	韩　芳
出版发行	远方出版社
社　　址	呼和浩特市乌兰察布东路 666 号　邮编 010010
电　　话	（0471）2236473 总编室　2236460 发行部
经　　销	新华书店
印　　刷	内蒙古爱信达教育印务有限责任公司
开　　本	787 毫米 ×1092 毫米　1/16
字　　数	317 千
印　　张	19.5
印　　数	1—10 000 册
版　　次	2024 年 3 月第 1 版
印　　次	2024 年 3 月第 1 次印刷
标准书号	ISBN 978-7-5555-1864-8
定　　价	68.00 元

如发现印装质量问题，请与出版社联系调换

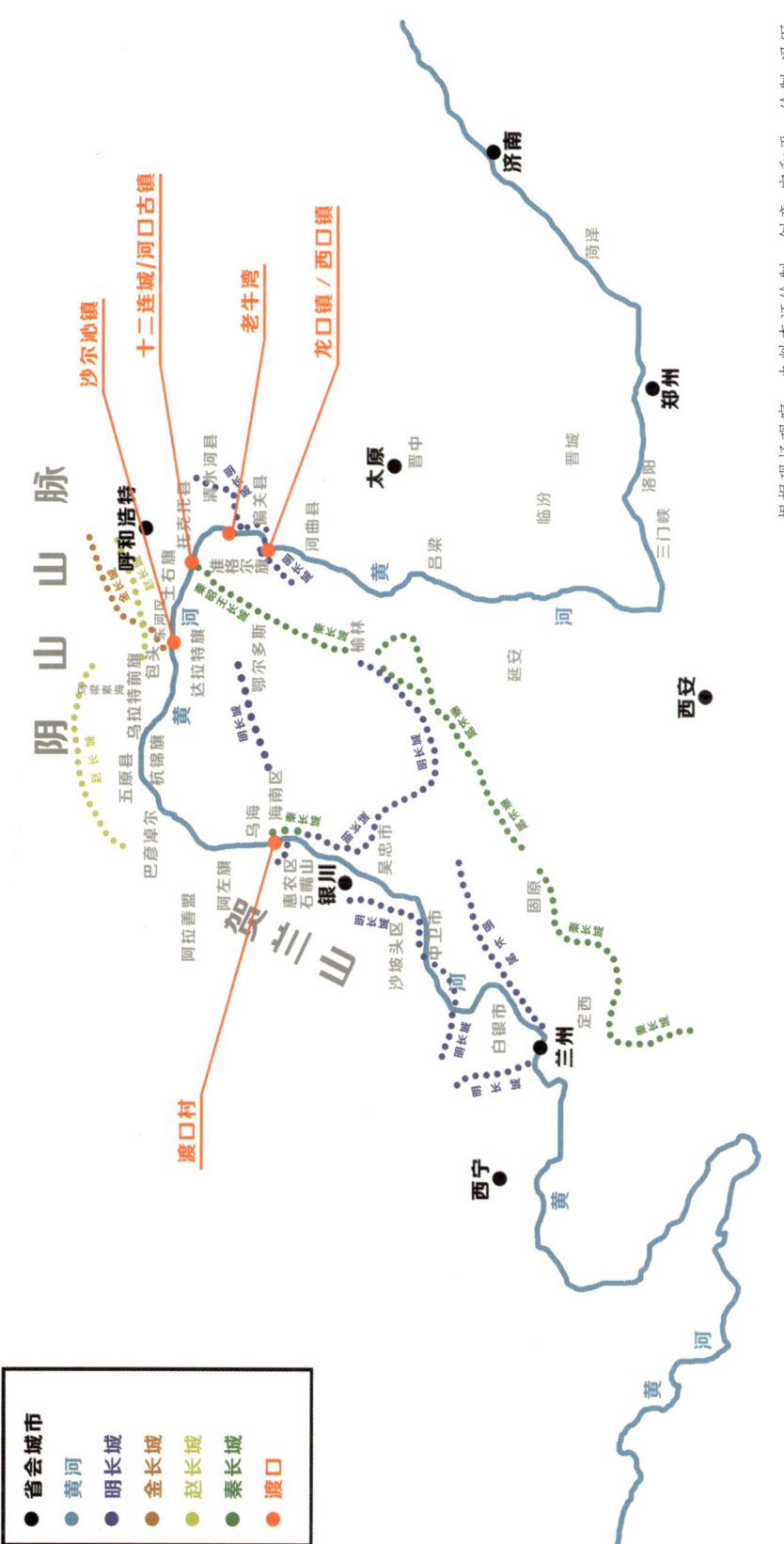

内蒙古自治区境内长城5次拥抱黄河示意图

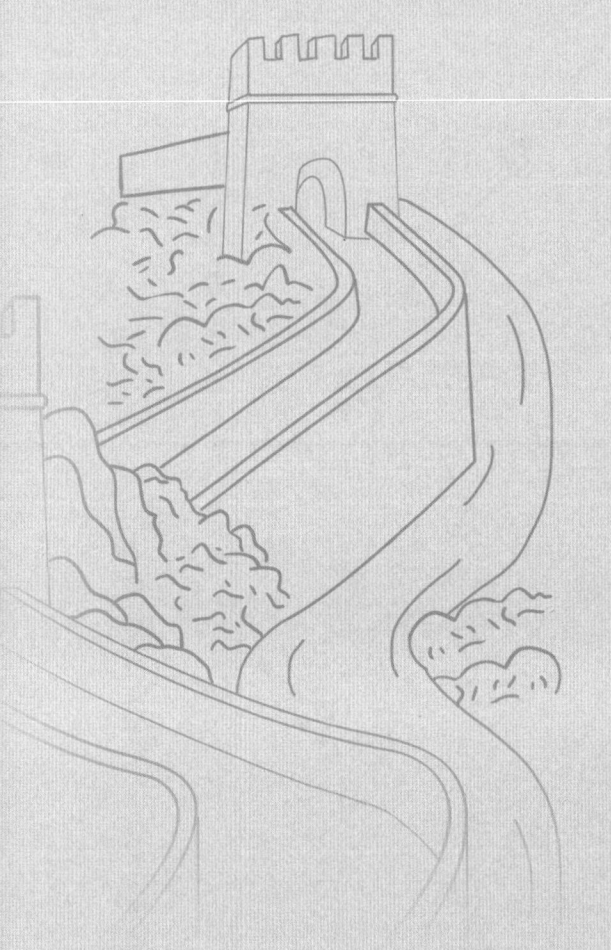

千年浪漫故事

领略壮美风景 感悟深厚底蕴

扫码查看『城』与『河』的

一	阅读导览	概览长城与黄河的五次拥抱
二	了解长城	作者带你看长城，挖掘文化内核
三	领略风光	遇见黄河边上的亮丽风景
四	探索发现	走进相遇点，发现北疆文化的厚度

序　言

长城是我国"最长的城墙",黄河是我国"最有故事的河"。

测量长城和黄河不能单靠望远镜、显微镜,而是要靠心和脑,用脚丈量、用心测量。长城文化和黄河文化,为北疆文化增添了厚度、深度和广度。

用心测量,体会到了长城与黄河的特殊感情

也许是为了让北疆文化更厚重、更接地气、更大气,秦昭王长城、金长城、明长城在内蒙古黄河"几字弯"拥抱黄河,在蒙晋陕甘宁接壤范围内再次拥抱黄河。于是,在"鸡鸣三省"的黄河两岸、在"呼包鄂"金三角腹地,长城5次深情拥抱黄河。在呼和浩特市、鄂尔多斯市、包头市、乌海市及中卫市、白银市等6市隔河相望之处,万里长城与万里黄河携手,谱写了长城文化和黄河文化的动人乐章。

用心测量,知晓了长城为何偏爱黄河"几字弯"

中国版图上最大的汉字就是黄河书写的"几"字。黄河最北端在五原,分水岭是贺兰山,守望相助有阴山,血脉相连敕勒川,中原和亲到草原,它们共同书写了长城自古奔黄河、长城围着黄河转、长城偏爱黄河"几字弯"的故事，折射出了中原文化与草原文化、农耕文明与游牧文明的融合发展。

用心测量，明白了为什么黄河变绿迎长城

历代长城大多守护着黄河"几字弯"，也就创造了"长城拥抱黄河"的美丽风景线。战国赵北长城、秦汉长城、北魏长城、北宋长城、西夏长城、金长城、明长城，诸路长城"望黄河""抱黄河""护黄河"。在古代，人们见到黄河"澄清"需要千年，如今由于植绿增蓝、水库沉淀大量泥沙，黄河水变绿了，沙尘暴甚至"懒得"过长城，黄河变清的千年之梦终于实现了，生态文化元素遍地开花，让黄河两岸美丽如画。

用心测量，发现了黄河分界选青城的密码

在黄河"几字弯"最顶端的东北角，百万岁的黄河养育了50万岁的大窑人。黄河上游、中游分界点情定河口古镇，成就了国家历史文化名城呼和浩特市。黄河与长城联手缔造，彰显了"草原都市，美丽青城"的磅礴气势。

用心测量北疆文化的厚度，我更加理解：中华文化是主干，中华民族各民族文化深深植根于中华文明绵延不绝的深厚底蕴、灿烂辉煌的文化沃土，在交往交流交融中构筑起中华民族共有精神家园。

宋和平

2024年于呼和浩特

目　录

第一章　万里长城在内蒙古五次拥抱黄河　/1

　　第一节　两省三市处，长城深情拥抱黄河　/3

　　第二节　"鸡鸣三省"之地，"长城双龙"抱黄河　/13

　　第三节　黄河刚进草原，赢得长城的拥抱　/23

　　第四节　战国秦长城在鄂尔多斯市十二连城拥抱黄河　/32

　　第五节　金长城在包头市沙尔沁村拥抱黄河　/35

　　第六节　三代长城环抱黄河　/37

　　第七节　长城在"几字弯"两侧拥抱黄河　/40

　　第八节　长城定夺塞上塞外与口里口外　/43

第二章　长城自古奔黄河　/47

　　第一节　战国赵长城：义无反顾直奔黄河"几字弯"　/49

　　第二节　战国燕长城：初心守卫黄河奔大海　/54

　　第三节　战国秦长城：最早直接与黄河"会晤"　/56

　　第四节　秦长城：生来守护黄河"几字弯"　/59

　　第五节　两汉长城：万里奔波为黄河　/63

　　第六节　北魏长城：千里跃进向黄河　/66

　　第七节　北宋长城：站在河西望河东　/70

　　第八节　西夏长城：大漠西河建大墙　/72

第九节　金界壕：一路向西找黄河　/74
　　第十节　明长城：从大海赶来抱黄河　/77

第三章　长城围着黄河转　/81
　　第一节　东西南北　长城拜倒在黄河的"石榴裙"下　/83
　　第二节　呼和浩特　南北长城爱黄河　/91
　　第三节　鄂尔多斯　长城左右开弓向黄河　/94
　　第四节　巴彦淖尔　千里长城怀抱黄河最北端　/96
　　第五节　包头　水旱码头望长城　/99
　　第六节　乌海　先有长城后建"水城"　/102
　　第七节　阿拉善　长城黄河齐听驼铃声　/104
　　第八节　乌兰察布　大墙护着水源地　/107

第四章　黄河变绿迎长城　/109
　　第一节　终于见到黄河"澄清"时　/111
　　第二节　植绿增蓝，染绿黄河水　/115
　　第三节　长城与黄河缘何受到沙尘暴的"冷落"　/121
　　第四节　蒙晋大水库，沉淀小泥沙　/125
　　第五节　冬春时节看冰凌　/129

第五章　长城偏爱黄河"几字弯"　/135
　　第一节　黄河最北在五原　/137
　　第二节　分水高岭贺兰山　/140
　　第三节　民族融合最前沿　/143
　　第四节　河套要地环河转　/146
　　第五节　农牧地理分界线　/149
　　第六节　国家"能源之湾"　/152

第六章　黄河分界选青城　/ 155

 第一节　百万岁的黄河养育了50万岁的大窑人　/ 157

 第二节　黄河上游、中游分界点情定呼和浩特　/ 160

 第三节　黄河航道枢纽之城　/ 165

 第四节　草原丝绸之路上的重要城市　/ 170

第七章　"抱出"中华文化同心圆　/ 173

 第一节　和合爱国　/ 175

 第二节　农牧融合　/ 181

 第三节　草原都市　/ 186

 第四节　团结奋斗　/ 194

 第五节　开放包容　/ 197

 第六节　商业文化　/ 200

 第七节　和亲共荣　/ 207

 第八节　非遗融通　/ 212

 第九节　绿色生态　/ 216

第八章　黄河长城联手创造的文化符号　/ 223

 第一节　内蒙古有文字记载的第一座城市——云中城　/ 225

 第二节　中国第一条"高速公路"——秦直道　/ 228

 第三节　北魏建立的第一个都城——盛乐　/ 231

 第四节　湮没于历史中的君子津浮桥　/ 234

 第五节　流传甚广的民歌——《敕勒歌》　/ 237

 第六节　"中国第一松"——准格尔旗油松王　/ 241

 第七节　黄河上的千年古渡——河口古渡　/ 244

 第八节　亚洲最大的一首制自流引水灌区——河套灌区　/ 251

第九节　黄河会盟文化的标志之一——王爱召　/255
第十节　遍布长城的阴山山脉　/257

第九章　黄河第一湾　/269

第一节　最"牛"黄河湾　/271
第二节　黄河、高原、草原联手缔造国家地质公园　/274
第三节　最长"河边长城"起点河湾　/278
第四节　国家级长城重要点段榜上有名　/281
第五节　黄河主题国家级旅游线路一马当先　/283
第六节　长城主题国家级旅游线路抢占鳌头　/287
第七节　三个"国字头"古村落强力支撑　/291
第八节　地理分界线上的标志性符号　/295

后　记　两千岁的长城拥抱百万岁的黄河　/300

第一章

万里长城在内蒙古五次拥抱黄河

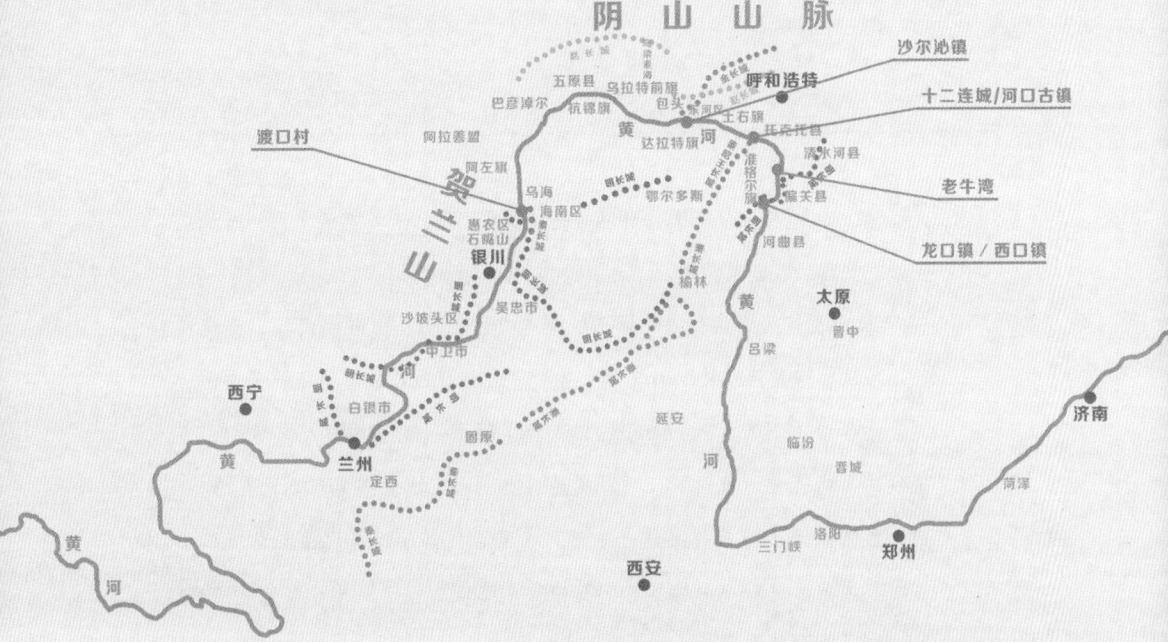

- 两省三市处，长城深情拥抱黄河
- "鸡鸣三省"之地，"长城双龙"抱黄河
- 黄河刚进草原，赢得长城的拥抱
- 战国秦长城在鄂尔多斯市十二连城拥抱黄河
- 金长城在包头市沙尔沁村拥抱黄河
- 三代长城环抱黄河
- 长城在"几字弯"两侧拥抱黄河
- 长城定夺塞上塞外与口里口外

翻开中国长城分布图，可以有一个重要发现：长城向着黄河，长城在多处拥抱黄河、守望黄河。

历代长城大多围绕黄河展开，查看历史地图、图书我们可以发现：长城多次拥抱黄河。按照教育部义务教育教科书人民教育出版社《中国历史》七年级（下册）2016年11月第1版79页的《明长城与北京城》一节提供的《明长城示意图》，可以明显看出，明长城拥抱黄河之地有5处：内蒙古清水河县与偏关县的老牛湾、内蒙古准格尔旗与河曲县龙口镇小占村、内蒙古乌海市海南区与宁夏中卫市渡口村、宁夏和甘肃省境内有2处。中国地图出版社出版的《地图上的中国史·第三卷》（2019年5月第1版）第108页的明长城地图，也显示了明长城多次拥抱黄河。

长城多次拥抱黄河，谱写了中华文化的壮美篇章。

黄河是中华文明主要的发源地之一，是中国人的母亲河。长城与黄河，相亲相爱一家亲，握手拥抱千古情。黄河是根，长城为魂。

第一节

两省三市处，长城深情拥抱黄河

长城自诞生之日起，就有一个梦想，向着黄河的方向走去，向着黄河的源头走去。

500年前，在黄河大峡谷最美的一段——老牛湾、准格尔黄河大峡谷，从大海赶来的明长城与黄河一见钟情。

明长城从大海到大漠、从东部到西部，串起了"九边重镇"——辽东镇、蓟州镇、宣府镇、大同镇、太原镇、榆林镇、宁夏镇、固原镇和甘肃镇。也就是在大同镇、太原镇"双龙握手"之地，明长城率先拥抱黄河。

见过大世面的明长城不远千里到达黄河"几字弯"最北段，在内蒙古呼和浩特市、鄂尔多斯市与山西省忻州市的交界处，终于见到了日夜思念的黄河。

望河楼下，长城拥抱黄河；古村落边，黄河伸出长臂迎接长城。明长城与黄河在清水河县与偏关县的老牛湾首次相聚。这是震撼中华大地的千古拥抱。

无论是站在清水河县神牛广场，还是站在偏关县的望河楼旁，抑或站在准格尔旗包子塔，都可以看到最美的风景。

"两省三市三县"交界之处（摄影　诺敏·何）

　　黄河像一条巨龙，带着青藏高原的激情，裹着河套平原的温情，携着库布其沙漠的豪情，领着贺兰山、阴山的热情，呼啸而来，突然，在老牛湾舒缓下来，以两个近乎360°的转身，向着长城伸出真诚之手。

　　明长城从大海走来，从北京八达岭走来，沿着杨家川小峡谷南梁一路向西，远远向黄河"暗送秋波"，在老牛湾终于见到日思夜想的黄河，迫不及待地伸出热情的双臂拥抱黄河。500年的夯土层分明就是500年不变的深情厚谊，在望河楼和老牛湾古村落的见证下，长城与黄河深情拥抱，千古流芳。

　　这里是内蒙古与山西的交界处。北边内蒙古一侧是呼和浩特市，西岸是鄂尔多斯市，东岸靠南是山西省忻州市。

> 长城的铁骨铮铮，
> 变成了侠骨柔情。
> 黄河的奔放洒脱，
> 变成了温情蜜意。

从县级层面来看，清水河县、准格尔旗与偏关县在这里"握手"，在这里一起见证长城拥抱黄河。

几经整合乡镇资源，如今，清水河县这边叫作老牛湾镇老牛湾村，偏关县这边，之前是万家寨镇，如今也叫老牛湾镇。呼和浩特的一方叫老牛湾国家地质公园，忻州一方叫老牛湾景区，鄂尔多斯一方叫准格尔黄河大峡谷。

长城拥抱黄河既讲究仪式感，也营造大场面，在有"天下黄河第一湾"之称的老牛湾实现了长城与黄河、人文与地理著名的一抱。

老牛湾河谷两岸壁立千仞，河道中碧波万顷，河岸上长城耸立，岸上的古村落祥和静逸。

老牛湾有民谣流传：

> 九曲黄河十八弯，
> "神牛"开河到边关。
> 明灯一亮受惊吓，
> 转身犁出个老牛湾。

我想再吟一首《老牛湾新民谣》：

> 天下黄河第一湾，
> 长城万里来结缘。
> 两省三市结亲处，
> 拥抱黄河美名传。

过去的民谣只是传说,我的原创民谣却是事实。

长城拥抱黄河尽显独特眼光,自豪地矗立在两省三市之间。

看那险峻的地形,杨家川小峡谷注入黄河的峡口夹角是陡峭的大石崖顶,地形险峻,位置重要,峡谷石壁鬼斧神工,上苍精凿的阎王鼻子,居高临下,威震千里。

这里是历史的舞台。老牛湾古堡、望河楼、长城、烽火台是成化三年(1467年)所建,迄今正好557年,望河楼是紧临黄河山崖上的砖砌空心镝楼。烽烟远去,狼烟如梦,人去楼空,却承载着500年长城与黄河的两相情愿,一边是"黄河天下第一堡","堡里如一"饱含真情;一边是"天下黄河第一湾",湾湾相连,创造奇迹。

这里拥有不下千年的老牛湾码头,让长城与黄河"百年修得同船渡",长城与黄河"千里姻缘一线牵"。

拥抱黄河的这段长城叫作清水河明长城,其与偏关县明长城是一体的。

清水河明长城横亘在蒙晋交界的山峦苍翠之中。这里属于黄河高原地貌,这段长城是青灰色条石砌筑的墙体,基石厚重,宛如"小八达岭长城"。这里也有黄土夯实的墙体,烽火台、烽燧鼓角相望,守望相助,墩台高耸,绵延如峰,带着大海的气息,直奔黄河而来。清水河县境内现有155千米的明长城遗址,烽火墩台100多座,敌台、骑墙墩台、依墙墩台240多座,马面墙台或战台253座,保存较好的敌楼5座,著名的敌楼有徐氏楼、箭牌楼,城堡有五眼井堡、柏杨岭堡。清水河明长城建于明成化年间(1465—1487年),也有人将明长城称作"边墙"。据《宣大山西三镇图说》记载,明万历年间的边墙"依山而就,外虽高耸,内实卑薄,山头障蔽,声信难通",所以"陆续议修,加帮加厚,又增建空心砖楼,土墩数座"。

清水河县与偏关县交界地带的明长城遗址分布有3道,史称大边长城、二边长城和内长城(三边长城),其中,大边长城为明初所筑,大部分为夯筑土墙;二边长城分布于清水河县东南部,保存较好,大部分为砖石包砌。

笔者多次登临清水河小元峁长城,砖石包砌的古长城整体上看与八达岭长城

第一章　万里长城在内蒙古五次拥抱黄河

丫角山上的明长城（摄影　高旺）

像是亲兄弟，被称为"小八达岭长城"。

　　清水河明长城拥抱黄河的这段长城叫丫角山长城和老牛湾段长城。这段长城铺石与夯土黏合，筑墙砌砖，墩台密集，烽燧连绵，为了拥抱黄河，装扮得可谓是千般美好、万般雄壮。

　　这里属于黄河中游黄土丘陵区，两个县的地貌都是丘陵起伏，沟壑纵横。千里河套平原遭遇吕梁山脉之管涔山阻碍之后，黄河南下，老牛湾国家地质公园形成，让人类领略了大自然的匠心独运。

7

清水河："黄河进入中游第一县"

清水河县是"黄河进入中游第一县"，与黄河有缘、与长城有缘。

明长城自东向西进入黄河岸边之前，相遇的内蒙古境内的第一个县就是清水河县。清水河县的县名源自源头在山西的一条叫清水河的黄河支流。

清水河县地处呼和浩特市最南端，全境处于北纬39°～43°世界著名的冷凉经济带上，总面积2859平方千米，境东南部以明代长城为界，与山西省右玉县、平鲁县、偏关县三县接壤；西部以黄河为界，与鄂尔多斯市准格尔旗隔河相望；北与和林格尔县相连；西北与托克托县交界。1736年，清乾隆元年置清水河厅，1912年改厅为县。

绿色黄河（摄影 诺敏·何）

清水河县历史悠久,拥有黄河文化、长城文化、草原文化等文化资源。这里的长城建筑涵盖了关、隘、烽、堠、墩、台、营、寨、城、堡、楼、望台等多种形式,形成了完整的军事防御体系。

明长城选择在清水河县与黄河相见,选中的或许就是此处厚重的历史与山清水秀的自然风光。

偏头关:地控黄河北,金城巩晋强

偏关县也是一块风水宝地,地处晋西北,北靠长城,西临黄河,是历史上有名的"外三关"之一偏头关所在地。偏关县境内长城纵横交错,曲折蜿蜒,山河关堡更是星罗棋布,是我国万里长城的精华地段之一,被誉为"中华长城古堡第一县"。

偏头关是长城上"忻州三关"之一。"忻州三关"即雁门关、偏头关以及宁武关。

清水河—偏关明长城是著名的长城拥抱黄河的"长手臂"。

明长城自东而西直奔黄河、大漠,过了河北、山西之后,在山西境内第一次拥抱黄河的地方就在与清水河县接壤的偏头关西端。"重要的战略地位和巨大的防御压力,造就了偏头关边墙纵横、军堡棋布、烽燧相望的壮阔景观,也使其成为山西唯一既有外长城又有内长城的县,内外长城在关东老营堡丫角山处相接。"[1]

在全国"长城县"行列内,偏关县境内长城总长126千米,概括起来有一个"第一"和两个"唯一"。

一个"第一":偏关县是山西省拥有长城里程最长的县,即山西第一,全国第二。

两个"唯一":偏关县是山西省境内长城与黄河握手的唯一县份,是山西省内长城与外长城交汇的唯一县份。

---

[1] 郭奔胜. 畅读忻州:"关山"不远[J/OL]. 2022-10-09.

清代诗人陆刚笔下的偏头关则化为这样的诗句:"百折清溪万仞山,金荡半壁壮雄关""犬牙矶错形似锁,沙回龙背势如环"。显然,在陆刚的眼里,这里已然失去了往日的肃杀之气,有一种类似于我们今天游览观景的心情。

丫角山喜欢老牛湾

丫角山的地名因长城而生。丫角山地理位置特殊,是清水河县与偏关县交界处,也是内长城、外长城的相会处、分手处,正是著名的丫角山至老牛湾段明长城,大大方方地第一次拥抱了黄河。

外长城从山西省朔州市平鲁区东行至偏关县境内,在明长城柏杨岭好汉山堡与从神池境内北进偏关的内长城交汇,形成一个"Y"状衔接点,所以柏杨岭交

清水河县老牛湾黄河大峡谷景区内的老牛湾堡(摄影 宋和平)

汇处被形象地称为丫角山，同时也成就了著名的丫角山长城。

丫角山长城在清水河县这边，正是在古村落口子上村，是康熙的女儿四公主出嫁到草原的第一个落脚地。

明崇祯十年（1637年）在此建军堡、筑关隘，称五眼井堡，用蒙古语说是"塔布胡同堡"。清雍正、乾隆年间，清政府在五眼井堡设办事机构，在明长城关口设卡收税。五眼井堡开设的办事机构，当时人称"衙门圐圙"。其沿用200余年，直到民国时期才废掉军堡，在关口设税厅，成立稽查队。随着人口的稳定增加，这里逐渐形成了自然村落。

清水河县和偏关县明长城盘旋于崇山峻岭、黄河烽台间，长城墩台林立，烽堠相望。

清水河县黄河岸边岔河口康熙四公主德政碑

沟壑纵横、梁峁起伏的黄土高原上，飘荡着草原味道、长城歌谣。这里有绵亘蜿蜒的长城，错落有致的窑洞，素雅古朴的戏台，盘根错节的老树，遗迹尚存的古道……

"走西口""旅蒙商"的驼铃声，让丫角山长城从不寂寞。

这里山险坡陡，是重要的隘口。明朝时，在丫角山上下及五眼井堡层层设防，构筑边墙达七重之多。长城脚下还有康熙四公主德政碑。石碑正面刻"皇清四公主千岁千千岁德政碑"，背后阴刻"日月流芳万世""五眼井堡城守把总"

11

等字。据史料记载,康熙皇帝将自己的女儿和硕恪靖公主下嫁漠北喀尔喀蒙古土谢图汗部敦多布多尔济。当年公主携文武随从乘马车离京,一路颠簸,从北京来到清水河县城暂居时,知当地缺水,便命人将已废的五眼水井重新整修,浚其井泉以修之。康熙四公主离开后,当地百姓念其好处,立碑感念。

- 阅读导览
- 了解长城
- 领略风光
- 探索发现

第二节

"鸡鸣三省"之地,"长城双龙"抱黄河

说起长城拥抱黄河,人们都会想到清水河县老牛湾国家地质公园、准格尔黄河大峡谷与偏关县交界处,却没有注意到还有一处:蒙晋陕"鸡鸣三省"之处。

"西口第一渡"见证了长城再一次拥抱黄河。

鄂尔多斯市准格尔旗与山西省河曲县交界处被认为是"走西口"出发处,在这里,长城见证了多少黄河儿女踏上新征程。

"西口第一渡",长城再次拥抱黄河

蒙晋陕交界的"鸡鸣三省"之地,黄河成就了这一方山水相连、城河互动的美丽风景。

在蒙晋陕三省交汇之处,两岸都有山头,素有"鸡鸣三省"之称,即如果一只雄鸡站在山冈上打鸣,附近3个省的居民都能听到。

鄂尔多斯市准格尔旗龙口镇大口村也是明长城与黄河拥抱的地方。

长城拥抱黄河

"鸡鸣三省"中华雄鸡雕塑（摄影 宋和平）

"位于鄂尔多斯市准格尔旗龙口镇大口村的爱国主义教育基地人流不息，村干部张三恩说：'这里是万里长城和黄河握手的地方，也是与陕甘宁、太行山红色旅游区域交汇的地带，红色旅游现已成为我们村的支柱产业。'"[1]

沿着黄河边行走，在长城拥抱黄河的不远处，就是蒙晋陕交界的"鸡鸣三省"中华雄鸡雕塑。

"鸡鸣三省"处拥抱黄河的明长城隶属于山西镇（太原镇），这段明长城穿越黄河后进入准格尔旗和陕西省府谷县，黄河西边的这段明长城隶属于榆林镇。

明长城从老牛湾长城顺着偏关县一路南行，沿黄河东岸向南经大嘴、东长

[1] 李倩，徐跃. 灿若星河 亘古长流[N]. 内蒙古日报，2021-04-22（6-7）.

嘴、乾坤湾、万家寨、麻地塔、五铺梁、欧梨嘴、小寨子、天翅湾、关河口、天峰坪、石峁至寺沟南嘴楼进入河曲县境，长城大体呈南北向分布，全长35千米，平均海拔927～1100米，该段长城以山险为主、以黄河为要，目前，尚存墙体遗址3.5千米，还有醒目的烽火台站立在黄河边。

这段长城沿黄河东岸到河曲县的石梯隘口越过黄河，连接黄河西岸的榆林镇，属于外长城，历史上称其为"黄河边墙"或"河边"，全长约70千米。《山西通志》载："河曲长城，从偏关（县）寺沟沿黄河至石梯隘口止，全长55千米，这里是山西'黄河边墙'的最南端。"

河曲县石梯子长城、石梯子村烽火台就是"河边"长城的代表性遗址，这段长城被称为"双龙并行"。与河曲县隔河相望的还有另一条长城，从宁夏花马池（盐池县）延伸至陕西麻镇，又与府谷梁龙头村逐鹿台相接，到隔河的延绥长城，这是万里长城中最有灵气、最美丽的"双龙并行"的"河边"长城，这段长城拥抱黄河的地方正是准格尔旗龙口镇大口村与河曲县城。

"河边"长城是中国长城的一大发明，修筑在山西偏关县、河曲县的黄河岸上，西岸就是鄂尔多斯准格尔旗，历史上起着捍卫山西、屏藩京师的防御作用。在上冻结冰的时节，黄河成了"高速公路"，"河边"长城守军警惕蒙古骑兵踏冰渡河。因此这里自古号称"陕东重镇""晋右严疆"，是明九边重镇山西镇、榆林镇关注之地，历来处于防御第一线。

河曲县的"河边"长城石梯隘口坐落在峭壁悬崖上，盘盘石径，道道险隘。旧名阴岭关，又称石梯隘口，明成化十二年（1476年）建堡。500多年来，一直依偎着弯曲的黄河，静静地注视着人世的沧桑变化。

河曲旧县城有号称"九窑十八洞"的河曲护城楼，这是河曲县城一座保存完好的明代长城敌楼，位于城北古河保营北墙外的黄河边，距河岸与城墙均不足百米，周围居民较多，绿树成荫，四季游人不绝。

河曲护城楼始建于明万历三年（1575年），迄今有近450年的历史。明万历初期，戚继光建议"北固长城"，明廷下令在长城上加修方形烽火台，河曲护城楼就是其中之一。清乾隆三十一年（1766年）重修了护城楼，楼门上有门额石匾

长城拥抱黄河

河曲县西口镇明长城拥抱黄河（摄影　宋和平）

书"镇虏"二字，雕刻工艺精湛。楼内俱为砖碹窑洞，布局奇特，造型美观，名曰"九窑十八洞"，各窑向外都有通气孔洞。楼顶是一影壁，上面镌刻着一副楹联："东有青山护千载，西得黄河保万春。"

站在准格尔台地上瞭望，在偏关县、河曲县黄河岸边陡峭的悬崖山顶，一座座烽火台排列着，蜿蜒而去，石梯隘口堡、阳沔堡、罗圈堡、楼子营堡、焦尾城堡、得马水堡等重要边堡，共同构成长城坚固的防御体系，与黄河一道结成的"双龙"守护着黄土高原。

旧有咏河曲八景诗为证：

河曲城连陕右边，山川形胜自天然。
天桥浪响知时雨，阳沔封冰大有年。
光生回谷千年火，彩出朝阳百尺烟。
钟鼓遥连绿水处，翠峰山际白云巅。

第一章 万里长城在内蒙古五次拥抱黄河

在河曲长城下,准格尔旗与河曲县的黄河上有娘娘滩、太子滩,就在河曲县城东北处,居于黄河中流的神奇小岛。相传汉文帝和其母薄太后被吕后诬贬于此,故作娘娘滩。与此遥相呼应的,还有上游不远处的另一座小岛,上面有太子滩。近年来出土的北魏瓦当,上书"万岁富贵",证明此滩大有来头。

河曲县与准格尔旗还有一处美丽风景——龙口峡谷,位于河曲县城东北,两岸石壁陡峭,黄河夹道其中,河水至龙口喷薄而出,声若雷鸣,展开了一片河谷平原,水流骤然变宽变缓,形似龙口,故名之。峡谷头顶就是明长城。

河曲明长城越过黄河不远处就是历史上著名的西口古渡,位于河曲县境内、黄河东岸,沿岸巨石垒砌,顺河而下长约百米。临河远眺,西岸就是准格尔旗大口古渡,两个渡口之间也就三五千米。再往南还有陕西省府谷县之大汕渡口。如今,河曲县恢复了西口古渡,而准格尔旗的大口古渡只留下一些固定行船的铁链和巨石,山石拥河,波涛平稳,述说着一个个"走西口"的故事。

千年通航历史,犹在西口古渡诉说。千百年来,内蒙古托克托县君子津渡口到山西省河曲县渡口一直通航,直到高速公路与铁路畅行后才中断。"早在战国时期,黄河中上游,自甘肃经九原、过云中至山西河曲的航段,即有'秦粟输晋,泛舟之役''纤舟之河'的航运活动""至清初,漕运主要是运盐而不是

老牛湾黄河大峡谷景区内黄河纤夫图(摄影 宋和平)

17

粮，托克托城是水陆转运的集散地。清嘉庆年间，在吉兰泰、磴口、河口镇（托克托县境）设三盐大使，并在河口镇立为各引地口岸。凡山西与归绥往来的商运，均以河口镇为码头，时为航运的鼎盛时期。"[1]

河曲县的西口古渡原名水西门渡口，其历史可追溯至汉代。宋庆历年间曾设榷场，直接与契丹、辽、夏进行通商贸易活动，为当时所重，极为繁华。金大定年间又设宣差，总管河道等事务。元明清三朝，西口古渡一带经济贸易越发频繁，西接宁夏、甘肃，北通阴山。清康熙年间，更是商贾辐辏，渡河船只云集，五方杂处，兵民繁错，万家烟火于斯盛焉。

西口古渡来源于"走西口"。康熙三十六年（1697年），清政府同意蒙古族与汉族"同种同垦"，从那时起，多少山西人、陕西人、河北人背井离乡，打通了中原腹地与内蒙古草原的经济文化通道，带动了北部地区的繁荣和发展。

"走西口"移民浪潮让河曲经济繁荣。据史料记载，从清康熙三十六年（1697年）到乾隆末年（1795年）的近100年间，河曲县到托克托县成为内蒙古、陕西北部和山西北部的贸易水上运输大动脉，西门渡口也因此成为晋西北最大的水旱码头，每日可行船百余艘。历史上，往来自北京、内蒙古、河北、陕西、河南及本省太原、晋中、晋北各地的商人纷纷到河曲县开设商号，城内八大街店铺林立，仅钱铺、油酒坊、货铺、旅店四大行就有200多家。

河曲县和内蒙古土右旗是二人台的发祥地。准格尔旗的漫瀚调，呼和浩特的二人台、爬山调，陕北地区的信天游，这几种艺术形式风格相似、曲调相似、唱法相似，是流行于蒙、晋、陕一带的民间音乐艺术。它们都见证了民族交往交流交融的历史。

西口古渡记载了人们艰难跋涉和努力奋斗的故事，也是观察长城拥抱黄河的一个窗口。

---

[1] 颜景良. 呼和浩特交通志［M］. 北京：人民交通出版社，1997：13.

第一章 万里长城在内蒙古五次拥抱黄河

"走西口"出发处——龙口镇

"鸡鸣三省"也见证了宁夏明长城自西而来与黄河相见的场景。

鄂尔多斯明长城可分为准格尔旗明长城、鄂托克旗明长城和鄂托克前旗明长城3个部分。明长城在鄂尔多斯市境内保存下来的土墙总计81千米,墙体上分布敌台235座。鄂尔多斯全境尚有明代烽火台13座。

在鄂尔多斯高原,从河曲过河拥抱黄河的长城隶属于明代延绥镇(今榆林镇)长城,在鄂尔多斯鄂托克旗、鄂托克前旗的明长城属于宁夏长城。

行走在蒙陕沿黄公路准格尔旗龙口镇大口村段的道路上,笔者看到公路上立着醒目的公路和旅游指示牌,上边写着"'走西口'出发处"和"长城与黄河握

鄂尔多斯市准格尔旗龙口镇大口古渡遗址(摄影 宋和平)

长城拥抱黄河

手的地方"。

陕西省府谷县政府网站上介绍县情时也称:"黄河与长城在这里交汇""黄土文化与草原文化在这里融合"。

"准格尔"为蒙古语,是"左翼"之意,地处内蒙古西南部,鄂尔多斯高原东端,蒙晋陕三省区交界地带,全旗总面积7692平方千米,黄河北、东、南三面环绕,黄河过境长度238千米。

长城在蒙晋陕黄河大峡谷两次拥抱黄河,准格尔旗都是见证者,也是亲历者。黄河之滨,梁峁起伏、沟壑纵横,造就了准格尔旗的独特风景。

第一章　万里长城在内蒙古五次拥抱黄河

笔者在准格尔旗龙口镇大口村最南端的小占社看准格尔旗明长城遗址碑时，发现这里还有驰名全国的丹霞地貌莲花辿。黄河从这里转一个弯，恋恋不舍地离开内蒙古，进入陕西省府谷县。小占社总面积3平方千米，境内却有准格尔延绥古长城3千米，烽火台3处，是一个有故事的小村落。

笔者在观察长城遗址时，看到这里有个牌子上写着："'走西口'出发的地方。"当地人自豪地说，无论从水上还是陆地，这里都是山西人、陕西人"走西口"的主要出发地。

这里是山西人从西口古渡过黄河后途经的路线之一，也是陕西省府谷县东北

黄河古渡口柳清河（摄影　王东麟）

部的百姓"走西口"途经的路线之一。"'走西口'的民众从小占的一个路口往北走越过长城进入准格尔，再到达拉特、包头、五原、临河等地。"[1]

说起"走西口"和"跑口外"，陕西人是主力。"清代陕西北部许多农民'走西口'，到口外开垦。""'走西口'的移民主要来自华北西部的山西、陕西地区和河北西北地区。"[2]

"走西口"本身就是越过长城沿线各"口"，也包括黄河渡口。

山西人、陕西人从"西口第一渡"踏上"走西口"的征程，也有"水上'走西口'"一说，其中一项工作就是扳大船，河曲人、偏关人"走西口"移民中的河运工较多，扳船开船成了独门手艺。扳大船者又称"河路汉"，是手艺活、苦力活，也是个危险活。

西口民谣道不尽"走西口"的艰难，其中就有"走河路"之说："出长城过黄河离家门"，"下石河拉大船二鬼抽筋"。

河曲保德州，
十年九不收，
男人走口外，
女人挖苦菜。

呼和浩特市喇嘛湾至河曲127千米航段为石河，为峡谷航道。从小沙湾至榆树湾为峡谷航段，两岸呈切割式或悬崖峭壁，暗礁林立，弯曲半径小而险峻，有"鬼见愁、板登浪、西施洞、磁天拐、龙王渠门等天险相连。历代船舶往来至此，必分段雇用当地精练舵手掌舵，方无触礁之虞。"[3]

"走西口"的人们见证了长城拥抱黄河，延续了黄河儿女的血脉。

---

[1] 乔明，甄志明. 追寻鄂尔多斯地区长城文化［N］. 鄂尔多斯日报，2022-08-10（5）.

[2] 蓝勇. 中国历史地理学［M］. 北京：高等教育出版社，2002：135.

[3] 颜景良. 呼和浩特交通志［M］. 北京：人民交通出版社，1997：273.

第三节

黄河刚进草原，赢得长城的拥抱

长城在黄河"几字弯"拥抱黄河不仅仅在东岸，就是在大漠身边的西岸，长城也毫不犹豫地拥抱黄河。

黄河从宁夏进入内蒙古后就与长城相逢，这里也是长城与黄河握手、拥抱的地方。黄河从宁夏渡过都思图河的河口便进入内蒙古乌海市境内。都思图河是黄河的支流，源于鄂托克旗包日浩晓苏木海流图滩，全长156千米，宽50~100米，流域内水草丰美，树木繁多，是良好的放牧场，"都思图"为蒙古语，汉语意为"似油的河"。

就在内蒙古乌海市海南区与宁夏石嘴山市接壤处，明长城牵手秦长城一起拥抱黄河。

葡萄架下，长城黄河动真情。

大漠旁边，两代长城爱黄河。

乌海是一座年轻的城市，但是，它出身不一般。这里的秦长城拥抱黄河，明长城也拥抱黄河；土长城拥抱黄河，石头长城也拥抱黄河。

乌海的长城遗址有70多千米，几乎全部沿河而建。乌海长城包括秦长城和明长城。两段相隔上千年的长城不约而同地牵手黄河、拥抱黄河，表达对中华民族母亲河的敬意。

乌海明长城从宁夏而来，又越过黄河回到宁夏，拥抱黄河。

古代宁夏有"关中之屏蔽，河陇之噤喉"之称。宁夏石嘴山境内存留的明代长城又称为"边墙"，主要有旧北长城、北长城、陶乐长堤，附属敌台、烽燧、墩台、关隘等设施。长城墙体蜿蜒、堡寨林立、烽燧相望，构筑起明代石嘴山地区多层次、完整的防御体系。

与乌海市海南区境内黄河拥抱的正是旧北长城，也称红果子长城，修筑于明洪武至弘治年间，西起贺兰山扁沟门子北侧，沿着山坡，顺着山势，抵黄河西岸，由黄土夯筑而成。旧北长城的终点陶乐长堤越过黄河与乌海长城连为一体，拥抱黄河后从乌海市巴音陶亥镇一路南行，南过都思图河后，再次进入宁夏陶乐境内。

黄河两岸，土筑的明长城爱上石头砌的秦长城，构筑了乌海书法城最壮美的画卷。

这也是内蒙古境内长城5次拥抱黄河的最西端。

贺兰山下，大漠身边，明长城牵手秦长城一起拥抱黄河，让人们感受到古人的精心安排。

乌海秦长城守望黄河岸

很多人对乌海的黄河比较了解，对乌海的长城知之甚少。乌海长城著名的遗址有凤凰山秦长城和二道坎明长城，二者相隔约1600年。

乌海市的秦长城、明长城雄踞大漠、戈壁，控扼黄河南北，战略地位显赫，自古为兵家必争之地。

第一章　万里长城在内蒙古五次拥抱黄河

乌海市海南区巴音陶亥镇东风六队二道坎烽火台（摄影　高晓梅）

"在海南区黄河沿岸，现在仍有12处秦明两代长城遗址。在赛汗乌素村二道坎村民小组，一座高大雄伟的烽火台矗立在黄河岸边，俯视着北去的河水和对岸的空旷大漠。"[1]

公元前214年，秦始皇派大将蒙恬在北方地区修筑长城，从贺兰山东麓过黄河，延伸至今日乌海的桌子山地区，将整个桌子山包围起来。

在乌海市，黄河向北流，秦长城向西走。

乌海秦长城与鄂尔多斯市鄂托克旗秦长城一脉相承，分为凤凰岭秦长城、苏白音沟秦长城和巴音温都尔山秦长城3个部分。桌子山秦长城是重要的一段，原来墙体总长度为95千米，墙体沿线有烽燧10座、障城2座。乌海市境内的秦长城

---

[1] 王颖. 海南区：攻坚克难逐浪前行，扛起黄河入蒙首站首责[N]. 内蒙古日报，2021-06-24（5）.

遗址主要分布在海南区和海勃湾区，墙体呈西南—东北走向，起点位于海南区巴音陶亥镇东风农场十队的黄河岸边，沿黄河东岸向北，经曙光村、赛汗乌素村，后向东进入西卓子山街道祥苑社区，再从西南向东北延伸，经过海勃湾区，直至千里山镇千钢社区东北。

考古探明凤凰岭秦长城确切年代为秦始皇嬴政执政时期（公元前247—公元前207年）所筑，确定该处长城为和平时期修筑，用以防御牛、羊、马过界，战争时则作为重要的城防掩体。这段长城主要由石墙和山险组成，当时修建的时候就地取材，由毛石垒砌，石缝间填充泥土，局部可见规整的条石。山险则主要集中在甘德尔山上，以险峻的自然山脊为防御屏障。

这段墙体沿线有烽火台8座，长城脚下还有7处人类居住遗址。

站在乌海秦长城遗址上似乎可以想象：大漠风沙穿越千里，始终离不开长城的视野；汹涌黄河水声滔滔，始终与长城依恋。

秦始皇在乌海桌子山修筑过长城，汉武帝在乌海的黄河岸边修筑城关，目的是让大漠与黄河千古平安。

黄河依旧奔流不息，桌子山的山峰依旧巍巍挺立。秦长城辟地数千里，"以河为境，垒石为城，树榆为塞"，经过岁月的洗礼和剥蚀，其宏伟样貌不再，但长城风骨犹存。

乌海明长城从古渡口越过黄河

五百年如一日，矗立在黄河岸边的明长城烽火台，守望着黄河，也守望着大漠。

乌海明长城从宁夏来到内蒙古乌海市，顺河而来，踏河而去，从南到北，顺着黄河的方向，依恋黄河、拥抱黄河、守卫黄河。

乌海境内明长城分布在海南区巴音陶亥镇黄河东岸，沿平坦的河谷由南向北穿行。沿线及附近共发现明代烽火台4座，由东南向西北依次为红墩、东红、大桥、二道坎烽火台。

第一章　万里长城在内蒙古五次拥抱黄河

乌海市海南区明长城守卫黄河（摄影　张伟）

乌海渡口村明长城拥抱黄河（摄影　张伟）

乌海明长城从巴音陶亥镇渡口村越过黄河。"巴音陶亥"系蒙古语，汉语意为"富饶的河湾"，渡口村是人们在长城拥抱黄河之处建立的渡口，成为内蒙古、宁夏两地人们往来的渡河处。

在杨建林、武俊生所写的《内蒙古乌海明长城研究》一文中写道："乌海明长城是明代'沿河边墙'及'陶乐长堤'的北端，是宁夏镇北路平房营所辖长城的一部分，随着宁夏镇北部防线向南撤退，逐渐退出历史舞台。经实地调查与文献考证结合，推断出乌海明长城的北端点在海南区巴音陶亥镇渡口村，即明代宁夏河东长城在这里向西过黄河与'旧北长城'相接。在渡口村以北，现存的石砌长城为秦长城遗址，其与明长城差别较大，前者石砌，后者土筑。秦长城沿线的二道坎烽火台，为明代烽火台，是'沿河边墙'的前沿哨所。"

乌海明长城修筑于明正统元年（1436年），从今天的鄂尔多斯进入乌海，现存红墩烽火台遗址。明成化十五年（1479年），修筑"沿河边墙"，宁夏北部闭合的防御线由此形成，乌海明长城墙体、沿线烽火台出现。后来几十年中，在明正德元年（1506年）、嘉靖九年（1530年）补充修建过长城，形成守卫黄河大漠的防御体系。

石嘴山市位于宁夏回族自治区北部，东、北、西三面与内蒙古毗邻，南与银川市接壤。东屏滔滔黄河水，西依巍巍贺兰山，因贺兰山与黄河交汇处"山石突出如嘴"而得名石嘴山。

乌海明长城属于明代宁夏镇的一部分，宁夏镇长城也包括鄂尔多斯市鄂托克前旗南部明长城、乌海市巴音陶亥镇明长城、银川市与阿拉善左旗交界的三关口长城，遗址合计长约70千米，墙体均为土筑，沿线筑有墩台。

黄河两岸，土筑明长城爱上石砌秦长城

在宁夏石嘴山市和内蒙古乌海市这一带的长城颇有人情味，突出表现在土筑明长城爱上石砌秦长城。

乌海秦长城绝大部分为石墙，墙体普遍窄小低矮，基宽多在1.1~1.3米，高

第一章 万里长城在内蒙古五次拥抱黄河

多不足1米。乌海市东风农场十队往北至平沟农场的这段长城多数为石墙。

乌海明长城墙体主要为土筑,用的是夯土和堆土两种方法。夯土墙要先铺地基土,然后分体夯筑,分段板筑,铺一层土,然后用柳条夯实,再铺土再夯筑,以这样的方法能够筑很高,这样的土墙大多保存了下来。堆土墙就是把土堆在地表,人踩马踏,这样的墙无法筑很高。

我们望得见长城,望得见大漠,望得见绿色,望得见贺兰山,也留得住乡愁。

长城在乌海地区拥抱黄河、跨越黄河,最高兴的也许是新石器时代古人类创作的桌子山岩画群。岩画群位于乌海市境内桌子山东部,因其山顶平坦,远眺如桌,故此得名。桌子山主峰海拔高度2149米,山势雄伟,巍峨壮观。

在桌子山附近的崇山峻岭中,鬼方、猃狁、北狄、羌、鲜卑、突厥、党项、

乌海市桌子山岩画太阳神人面造像(摄影 张伟)

蒙古等民族曾先后在这里生活，他们在与农耕民族交往交流交融的历史进程中，创造了灿烂的古代游牧文化。遗留在乌海桌子山上的岩画，是这一历史进程的宝贵见证。

桌子山岩画是我国古代北方游牧民族留下的文化艺术，特别是人面像岩画，每一幅都是刻磨而成。古朴生动的画面集中反映了古代先民的神灵崇拜、天体崇拜等原始信仰，对研究古代游牧文化史、原始信仰、探索人类文明进程等具有十分重要的价值。

桌子山岩画反映了黄河儿女丰富的想象力和美好愿望，岩画内容多为太阳神等人面像、动物图形、狩猎图、原始符号等，具有独特的风格，也具有极高的观赏价值。

乌海桌子山岩画群与乌海秦长城、明长城、黄河古渡口、古道路、拉僧庙等古建筑成为好邻居、好伙伴，成为黄河"几字弯"西端的亮丽风景。

长城是乌海极为壮美的一幅字画

乌海市位于内蒙古黄河"几字弯"最西端，海南区是黄河进入内蒙古的第一站，原属鄂尔多斯市。黄河穿过乌海市区105千米，由南向北呼啸而来，直奔后套平原，奔腾着涌向阴山山脉。

乌海这个地方，地下有"黑金"煤炭，地上有"黄金"沙漠，山上有"白金"岩画，盛产"紫金"葡萄，还有"墨金"书法和"青金"奇石，黄河胜地，金玉相伴，长城为伍，出身不凡。

乌海毗邻腾格里沙漠、乌兰布和沙漠，自古干旱少雨。黄河是流经乌海的唯一河流，这里年降水量160毫米，蒸发量却高达3200多毫米，如今有了乌海湖，水汽冲天，环境略有改善。

乌海的黄河像书法，龙飞凤舞。

乌海的书法像黄河，洒脱奔放。

第一章　万里长城在内蒙古五次拥抱黄河

黄河入蒙首站——乌海市海南区（摄影　宋和平）

　　乌海的长城也许就是乌海极为壮美的一幅字画，铺就在乌海大地之上。

　　黄河"紫金"当属乌海葡萄。这里有着丰富的水、土、光、热等气候资源，盛产优质鲜食葡萄和优质葡萄酒。搭着村企合作的快车，赛汗乌素村成了远近闻名的葡萄小镇。乌海市葡萄种植面积达3万多亩，葡萄年产量1万多吨，我们能够用葡萄美酒礼敬黄河、长城。

　　乌海还盛产大漠奇石，被称为"中国赏石城"。

　　黄河边、戈壁中的奇山怪石更是激发了乌海人对石头的喜爱之情，民间赏石、藏石已成为一种习惯。街头、广场、公园到处立着天然成趣、形态各异的观赏石，成为乌海的一道亮丽风景线。

第四节

战国秦长城在鄂尔多斯市十二连城拥抱黄河

根据历史记载，战国秦昭王下令修筑的长城在内蒙古鄂尔多斯市准格尔旗的十二连城拥抱了黄河。

《中国古代道路交通史》一书描述了秦昭王下令修筑的长城途经黄土高原、鄂尔多斯草原到达托克托县。"秦长城筑于秦昭王灭渠（今甘肃宁县西北）后，西端起于今甘肃临洮，东经今甘肃渭源、陇西、通渭、静宁、环县至陕北，达内蒙古的托克托县。"

秦始皇途经这里时，也许见到过秦昭王长城拥抱黄河的场景。始皇三十二年（公元前215年），秦始皇第三次东巡，沿着陕西函谷关、河北邯郸、天津蓟县、河北昌黎等地巡视。返程时，"途经渔阳郡（今北京密云）、山谷郡（今河北怀来）、代郡（今河北蔚县）、雁门郡（今山西右玉），至云中郡（今内蒙古托克托县东北），南下上郡（今陕西榆林）返回咸阳"。而且，他多次经过"黄河流经之地"，组织"整治水利交通，以加强秦王朝中央集权的统治"。

上海教育出版社出版的普通高等教育国家级规划教材《中国历史地理概

述（第三版）》第97页《战国时期中心区域图》中，也标注了秦昭王长城整体路径："从甘肃临洮（今岷县）到内蒙古准格尔旗黄河岸边"（今十二连城遗址），对面就是云中郡（今托克托县）。该书还记载了在秦昭王时（公元前306—公元前251年），"筑长城，西端起临洮（今甘肃岷县），沿洮河而上，东北沿北地、上郡北界，至黄河岸边"。该书第100页的地图《秦时期形势图》的标注也证明了秦昭王长城到达了黄河边。

《话说长城·内蒙古篇》一书中的《秦始皇长城图》标注了秦昭王长城从准格尔旗北部黄河岸边拥抱黄河，"具体位置在今天的十二连城镇黄河岸边"。

近年来出版的图书也对秦昭王长城拥抱黄河进行了多角度考证。《透过地理看历史》一书中《河套图》《土默川图》，都标注了秦长城直达黄河北岸（位于今准格尔旗），对岸是云中郡（今呼和浩特市托克托县）。

黄河十二连城段（摄影　张伟）

十二连城是个有故事的地方。隋开皇二十年（600年）置胜州。隋大业五年（609年）改置榆林郡，郡治在今鄂尔多斯市准格尔旗十二连城古城。辖境包括今鄂尔多斯高原、呼和浩特平原西段。隋炀帝还在这里宴请颉利可汗，摆下黄河长城第一宴。大业三年（607年）年六月二十七日，隋炀帝杨广在榆林郡城东设大宴，招待突厥、奚、室韦、沙陀等部族3500人，其中突厥的启民可汗是最显贵的客人。城梁高台之上，百戏齐作，启民可汗位列在诸王之上。面对着弯弯曲曲的大河，高官贵妇们白日观鱼，夜间赏灯。隋朝的百官后宫与北方各部族的可汗及其后妃们同欢共乐，欢声笑语回落到河湾。宴毕，大业皇帝对北方诸部族来宾一一封赏。

第五节

金长城在包头市沙尔沁村拥抱黄河

金长城也叫金界壕，横穿北疆草原，历经800余年雄风犹在，是中国最北的草原长城。金长城在内蒙古长城中数量最多、分布最广，长度约占内蒙古长城总长度的46%，各类遗存总数约占内蒙古长城总数的53%，分布于呼伦贝尔市、兴安盟、锡林郭勒盟、通辽市、赤峰市、乌兰察布市、呼和浩特市、包头市等8个盟市。

金长城奔走几千千米，在包头市东河区沙尔沁村拥抱了黄河。金界壕是金朝为防御蒙古部南进而构筑的壕沟与堤墙组合而成的军事防御工程，在《金史》中，对这项工程记载有界壕、壕堑、壕垒、界墙、边堡等十多种称谓，元朝时称为"金长城"，修筑于金太宗天会年间（1123—1135年）至金章宗泰和年间（1201—1208年），前后历时80余年。

金长城拥抱黄河，是长城拥抱黄河最靠近城市的地方。包头市东河区沙尔沁镇因境内有沙尔沁村得名，"沙尔沁"为蒙古语，汉语意为"挤奶的地方"，地处东河区东部，处于呼包鄂"金三角"腹地，东与土默特右旗接壤，南临黄河，

包头黄河湿地文化公园（摄影　宋和平）

与鄂尔多斯市达拉特旗隔河相望，西连河东镇，毗邻包头市区，北依大青山与石拐区交界。

《话说长城·内蒙古篇》一书中也对金界壕有所描述。该书记述："根据文献资料和有关著作的实地调查考订，保存在今天地面上的金长城遗址有两道，基本上都在内蒙古自治区境内。一道起于大兴安岭北麓，由根河南岸西行穿越呼伦贝尔草原，而达蒙古国肯特省德尔盖尔汗以北的沼泽地中，称明昌旧城，过去也有称之为兀术的。另一道东北起自嫩江西岸莫力达瓦旗境内，西南止于包头市黄河北岸，称之为明昌新城，或称金界壕、明昌界壕、金源边堡。"

金代地域广大，控制着黄河两岸、阴山南北。《金史·地理志》记载："金之壤地封疆，东极吉里迷兀的改诸野人之境，北自蒲与路之北三千余里，火鲁火疃谋克地为边，右旋入泰州婆卢火所浚界壕而西，经临潢、金山，跨庆、桓、抚、昌、净州之北，出天山外，包东胜，接西夏，逾黄河……"

第六节

三代长城环抱黄河

在2000余年修筑长城的历史中,真正能够称得上"万里长城"的有3条:秦代长城、汉代长城和明代长城。

目前,中国历代长城遗址总长度为2.1万千米,黄河总长度为5464千米。100万年前,黄河一出生就是"气吞万里如虎"。2000多年前,长城一出生也是有着"万里江山万里城"的磅礴气势。

汉代长城守护着黄河西套地区的阿拉善草原和大漠,延伸到阿拉善左旗的黄河故道和河套平原。秦代长城、明代长城直接拥抱了黄河,表达了其对黄河的热爱之情。

秦始皇下令修筑的长城从黄河"几字弯"北段和西段拥抱了黄河。秦始皇下令修筑的长城,西起临洮(今甘肃省),东至辽东。公元前221年,秦始皇统一了中国,根据巩固中央集权国家的需要,秦沿赵、燕的旧长城进行扩修,形成了西段包括甘肃临洮至内蒙古巴彦淖尔市的高阙塞,东到辽宁省的辽阳地区,东行抵达辽东的长城一线。

长城拥抱黄河

呼和浩特市清水河口子上明长城（摄影　宋和平）

　　汉代长城是中国最长的长城。汉朝修筑的长城长度最长、地理跨度最广，长度超过5000千米，地跨东北、华北、西北地区，可谓穿林海、跨草原、越大漠、过高山。汉长城西起今新疆维吾尔自治区，东至辽东的内外长城和烽燧、亭障。汉代长城是在秦长城的基础上修筑起来的，还修筑了外长城，总长度超过战国和秦代的长城长度。

　　汉朝在修筑长城的过程中，移民30多万人到河套平原屯田、安居，逐步与北方各民族融合。

　　明代长城是最雄伟的长城。如今，人们参观万里长城主要看的是明代长城。

第一章　万里长城在内蒙古五次拥抱黄河

清水河的长城人家（摄影　宋和平）

明长城从大海出发，越过燕赵大地，跨越北京八达岭，其气势让人感到震撼。明长城西起嘉峪关，东至鸭绿江，全长8851.8千米，沿线有雁门关、"天下第一关"和"九边重镇"等。明长城的防御功能更加完备、成熟，同时，促进了南北经济交流。明长城先后修筑了230多年，既构筑了宏大的军事防御体系，也构筑了农耕经济与游牧经济往来的前沿阵地。

　　明长城多次拥抱黄河，与黄河一起形成了众多地理概念，留下了宝贵的物质财富和精神财富。

第七节

长城在"几字弯"两侧拥抱黄河

黄河十分钟情内蒙古,也吸引长城爱着内蒙古。长城在内蒙古黄河"几字弯"西段的乌海市和东段的呼和浩特市两次拥抱黄河。

黄河流经内蒙古达843.5千米,约占黄河全长的1/7;流域面积15.19万平方千米,约占黄河流域面积的1/5,穿越草原、湿地、河流、湖泊、沙漠、戈壁等多种自然景观。黄河上游、中游分界点就在呼和浩特市的河口村。

古时,黄河长期独占汉字"河",唐朝之后才叫"黄河",显示着中华民族母亲河的鲜明个性。黄河全长约5464千米,流域面积81.34万平方千米,横贯中国西部、中部和东部地区的3个地理阶梯,是中国第二大河流,也是世界长河,奔腾万里终入大海。《说文解字》中称黄河为"河",《山海经》中称黄河为"河水",《汉书·西域传》中称"中国河",《尚书》中称"九河",《史记》中称"大河"。到了西汉,由于河水中的泥沙含量增多,有人称其为"浊河"或"黄河",但未被普遍认可。直到唐宋时期,"黄河"这一名称才被广泛

第一章 万里长城在内蒙古五次拥抱黄河

呼和浩特市清水河县黄河古渡口柳青河（摄影　王东麟）

使用。"由此可见，黄河之称的来源确实与黄土地的泥沙相关。"[1]

黄河发源于青藏高原巴颜喀拉山北麓的约古宗列盆地，自西向东分别流经青海、四川、甘肃、宁夏、内蒙古、陕西、山西、河南及山东9个省（自治区），最后流入渤海。

自古以来，人们只知"黄河之水天上来"，并不知道黄河的源头在青藏高原。"巴颜喀拉山"为蒙古语，汉语意为"富饶的黑山"。根据史料记载，至元十七年（1280年），忽必烈派招讨使都实，佩带通行证——金虎符，带队从甘肃河州出发，经过艰难跋涉，最终到达了黄河源地区。元朝学者陶宗仪在他所著的《南村辍耕录》中收录了《河源记》，并附有一张《河源图》，这是目前传世的最早的黄河源地区地图。"汉唐时期人们便不断地探索黄河源头，元代都实带领

---

[1] 竹心.生生不息儿女河[N].人民日报海外版，2022-03-26（7）.

队伍对黄河源头进行了一次科学考察,并留有图,但佚。元代陶宗仪留下的《河源图》,识读方位上南下北,左东右西,是我国最早的一幅河源图。"[1]

康熙四十三年(1704年),清政府命令拉锡带队探视黄河源,将黄河源头称为"火敦脑儿","火敦"为蒙古语,汉语意为"星宿","火敦脑儿"的意思就是"星宿海"。

元代在测量黄河源头的过程中,"发明"了一个如今全世界都在使用的概念——海拔。"元代,都实对黄河源头进行了实地考察;郭守敬在测量学上提出了'海拔'高程的思想。"[2]

黄河的中上游以山地为主,中下游以平原、丘陵为主。黄河从源头到内蒙古托克托县河口镇的河段,属于黄河的上游,干游河道长3472千米,黄河出青铜峡后,沿鄂尔多斯高原的西北边界向东北方向流动,然后向东直抵河口镇。河口镇至河南郑州的桃花峪为黄河中游,是黄河洪水和泥沙的主要来源区,长为1206.4千米。黄河自河口镇急转南下,水流奔腾,将黄土高原切割成两半,左岸为山西省,右岸为陕西省,因此这一段峡谷被称为蒙晋陕黄河大峡谷。黄河干流自桃花峪至入海口为黄河下游,河道长785.6千米,河道宽浅,支流很少,水势平缓,泥沙淤积非常严重,河床不断抬高,成为著名的"地上悬河"。

---

[1] 蓝勇. 中国历史地理学 [M]. 北京:高等教育出版社,2002:347.

[2] 蓝勇. 中国历史地理学 [M]. 北京:高等教育出版社,2002:346.

第八节

长城定夺塞上塞外与口里口外

人们熟悉的关里、关外，塞上、塞外，口里、口外等一系列词语，都与长城有关。

"塞"在古汉语里是"边界险要之处"的意思。《史记·苏秦列传》中载："秦，四塞之国，被山带渭。"

在不同的年代有不同的疆域，因此"塞"的范围常常在变，全国各地都有"要塞"。

"塞北：亦称'塞外'。旧时指外长城以北，包括内蒙古自治区及甘肃省和宁夏回族自治区的北部、河北省外长城以北等地。"[1]

按照《辞海》的说法，内蒙古地区全域都是"塞北"或"塞外"，不存在"塞上"，我们以明长城为准线，就能明白塞上和塞外了。

《绥远通志稿》中说"（鄂尔多斯高原部分地区）地处边荒，宿称塞外"，同时认为，绥远地区的巴彦淖尔、呼和浩特、包头、鄂尔多斯、乌兰察布等都是

---

[1] 上海辞书出版社. 辞海[M]. 上海：上海辞书出版社，2020：3696.

长城拥抱黄河

山西省河曲县西口古渡（摄影　宋和平）

"塞北"。[1]

　　关于口里、口外的说法，也是与长城有很大关系的。长城沿线大大小小有千余处关口、关隘，长城关口之外就是口外，之内就是口里，长城一线的关口就是"口"。

　　波兹德涅耶夫著的《蒙古及蒙古人》一书中对"西口"有明确记载，称归化城有"西口"的名称。"车辆上所标的地名都是'西口'"。[2]

　　《中国历史地理学》中提出："所谓'西口'，主要是指长城西部的张家口、独石口。'走西口'成为西北地区移民进入内蒙古的代名词。'走西口'的移民主要来自华北西部的山西、陕西地区和河北西北地区"。"康熙年间，汉人已经大量迁入察哈尔地区。到雍正时期，设置了多伦、张家口、独石口三厅。方承观在雍正年间写的《从军杂记》称自张家口至山西杀虎口，沿边千里，窑

---

[1] 绥远通志馆．绥远通志稿［M］．呼和浩特：内蒙古人民出版社，2007：301．

[2] 波兹德涅耶夫．蒙古及蒙古人［M］．呼和浩特：内蒙古人民出版社，1983：137．

民与土默人咸业耕种，北路军粮，岁取于此，内地无挽输之劳"。"乾隆年间一些汉族移民北上阴山山脉，有些定居在大青山谷地，有的迁到陕西以北的伊克昭盟（今鄂尔多斯）和更北的乌兰察布盟（今乌兰察布市）地区"。"一般而言，人们也将走出古北口、喜峰口、张家口、独石口到草原地区垦殖称为'跑口外'"。[1]

"走西口"包括山西与内蒙古交界的杀虎口及山西、宁夏、甘肃通向内蒙古的长城关口。许多人说杀虎口就是"西口"，显然不准确。"为了躲避灾荒、谋生糊口，山西、陕西、河北等地的灾民穿越长城关口，来到当时商贸活动相对繁盛的内蒙古中西部谋生"。"明朝以来，长城内外，通关互市日渐频繁，西口的名气越来越大。据多数专家考证，张家口以西，晋北、陕北与内蒙古交界的长城沿线几个关口皆称为'西口'。"[2]

关里与关外也是长城的"杰作"。山海关是关内、关外的分界。山海关位于河北省秦皇岛市东北部，始建于1381年，也就是明朝初年，扼守沈阳和北京之间，是明长城东端的重要关隘，明将徐达在这里修筑长城时首设此关。目前，山海关境内长城全长20多千米，是中国最具代表性的明代长城之一。山海关北依燕山，南临渤海，地形狭长，"山"与"海"相隔仅8千米。山海关号称"两京锁钥无双地，万里长城第一关"，名不虚传。

"长城河北省段依燕山—太行山脉而建，现存8个不同时期的长城近2500千米。以山海关、金山岭、大境门、崇礼4个重点段为引领，精心构筑民族性与世界性兼容的长城文化地标，充分彰显中国特色、中国风格、中国气派。"[3]

---

[1] 蓝勇. 中国历史地理学［M］. 北京：高等教育出版社，2002：314—315.

[2] 殷耀，于嘉. 今日口外好风光——西口之外是故乡［J］，半月谈，2018（5）.

[3] 李凤双，曹国厂，郭雅茹. "山海"之间，长城精神生生不息［N］. 新华每日电讯，2022-06-12（4）.

- 阅读导览
- 了解长城
- 领略风光
- 探索发现

第二章

长城自古奔黄河

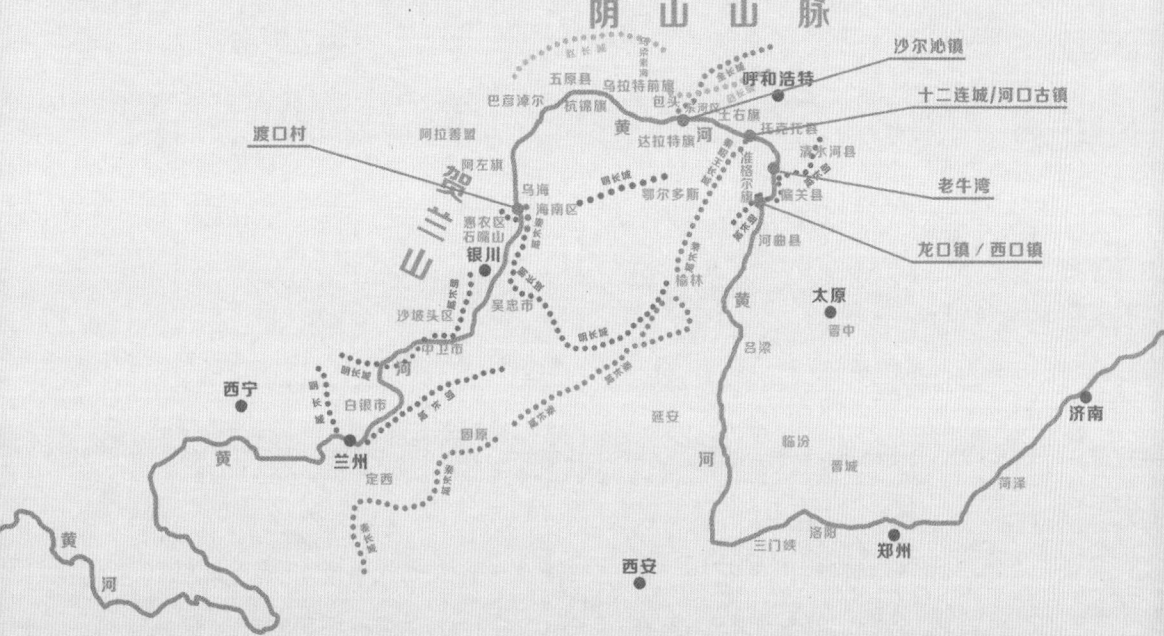

- 战国赵长城：义无反顾直奔黄河"几字弯"
- 战国燕长城：初心守卫黄河奔大海
- 战国秦长城：最早直接与黄河"会晤"
- 秦长城：生来守护黄河"几字弯"
- 两汉长城：万里奔波为黄河
- 北魏长城：千里跃进向黄河
- 北宋长城：站在河西望河东
- 西夏长城：大漠西河建大墙
- 金界壕：一路向西找黄河
- 明长城：从大海赶来抱黄河

世界上没有哪一条河自古以来就被众多的长城守护着、保卫着、守望着。

黄河"几字弯"的石器、青铜器见证着，一往无前奔向大海的黄河与义无反顾奔向黄河的长城，同呼吸、共命运，共同书写了中华民族多元一体的伟大诗篇。

内蒙古境内的长城，分布于12个盟市的76个旗县区境内，历经战国赵、战国燕、战国秦、秦、西汉、东汉、北魏、北宋、西夏、金、明等11个朝代修建而成，如今仍然蜿蜒在茫茫草原、群峰丘陵和大河上下，成为我国特色鲜明的文化标志。

第一节

战国赵长城：义无反顾直奔黄河"几字弯"

每一块长城砖，都是一面明镜，折射出长城烽火背后的历史烟云。

每一块长城砖，都是一本书，阅读千年也只是看懂了序言。

中国较早的赵北长城的西终点就在黄河边，也就是黄河"几字弯"进入河套地区的西北角，当时的古黄河就在这里，直到近代，特别是1840年之后，黄河才离开阴山脚下变为今天的南河主河道。

《河套灌区水利简史》中写道："古黄河从现在的乌达市（今乌海市乌达区）附近三道坎流出山峡，向北直趋阴山脚下。"同时，"河水（即古黄河）从今磴口（即巴彦淖尔市磴口县）以西折而北流的一段路线，郦道元在《水经注》一书中做了明确记载：'河水又北，迳临戎县故城西'。'河水又北，屈而为南河出焉。河水又北迤西，溢于窳浑县故城东……其水积而为屠申泽，泽东西一百二十里……河水又屈而东流，为北河……东径高阙南'。"北魏时期的《水经注》记载了古黄河就在赵长城之终点"高阙南"。

长城拥抱黄河

在春秋战国时期,内蒙古黄河"几字弯"地区隶属于九州之冀州地,战国时期修筑长城时把目光瞄向了这里。中国古老的长城之战国赵北长城抢得了先机,迈出了历史第一步。当然,历史上有赵北长城和赵南长城之分,赵南长城已经没有遗迹可寻,因此,人们习惯将赵北长城称为赵长城。

赵长城为赵武灵王时所筑,故也称赵武灵王长城,这道长城大部分在内蒙古境内。《史记·匈奴列传》记载:"赵武灵王变俗胡服,习骑射,北破林胡、楼烦,筑长城,自代并阴山下,至高阙为塞。"这里的起点"代"为赵之属地,在今河北张家口市蔚县、宣化一带,赵武灵王于此置郡。终点"高阙"位于内蒙古巴彦淖尔市乌拉特后旗呼和温都尔镇达巴图音苏木,也就是高阙塞遗址,有人描述"高阙"在乌拉特前旗、乌拉特中旗,还有人描述"在临河西北",乌拉特后旗就在临河西北。《史记正义》引《地理志》云:"朔方临戎县北有连山,险于长城,其山中断,两峰俱峻,土俗名为高阙也。"

阴山从东面而来,由内蒙古乌兰察布大马群山、桦山、辉腾梁山,呼和浩特市大青山,包头市九峰山,巴彦淖尔市乌拉山、狼山等组成,高阙塞遗址位于狼山之西。

赵长城在内蒙古境内,自兴和县西行,经察右前旗、卓资县至呼和浩特北,沿大青山到达包头,再越昆都仑河绕乌拉山进入后套平原,然后趋于乌拉特草原南端狼山之中。赵长城大多位于山脚、山前,虽然时而穿入深山峡谷,逶迤曲折,但总体上是守护在黄河身边的。

赵长城在呼和浩特市、包头市的大青山及巴彦淖尔市乌拉特前旗的乌拉山脚下,距离黄河最近处不足千米。它像一条巨龙,从燕赵大地出发后蜿蜒西进。

赵长城在阴山南麓"截断"30多条注入黄河的山沟溪流,与黄河水源"并肩战斗",共同形成阴山山脉的亮丽风景。

修筑于河北省邯郸古城地区的赵南长城,早于赵北长城,为赵肃侯所建。该长城由漳水、滏水的堤防连接而成,大体从今武安市西南起,向东南延伸至磁县西南,折而东北行,沿漳水到今肥乡区西南。这条线也在古代黄河身边。

历史记载赵长城也有一段"兄弟长城",从代郡(今蔚县)南起,向西南入

第二章　长城自古奔黄河

呼和浩特市乌素图战国赵长城遗址（摄影　王东麟）

包头市战国赵北长城遗址（摄影　宋和平）

长城拥抱黄河

今山西灵丘县，沿恒山、芦芽山北麓到黄河北岸一线，在山西境内仍然有遗址。后来的明长城与这段赵长城走向一致。

赵长城墙体就地取材，多为土筑，个别为石筑。在包头市区至石拐、五当召弯曲的公路旁，一段接一段土筑的赵长城在山腰间静静矗立。

沿包头边墙壕村东侧的赵长城遗址一路向东行，有一块刻有"全国重点文物保护单位战国赵北长城遗址"的石碑。石碑的背面写道：

> 该段长城为赵武灵王于公元前300年拓地九原后修筑，东端起点在乌兰察布市兴和县大青山西麓，终点在乌拉特前旗乌兰布拉格沟口。长城多为土筑，少量土石混筑。沿线设有烽燧、障城，因赵国先在其南境

内蒙古包头市石拐区战国赵北长城遗址的赵武灵王雕塑（摄影　王东麟）

筑有长城，故称此为赵北长城。包头境内赵长城从土右旗美岱召镇北沿大青山西行，至五当沟转入山中，由石拐区老爷庙山向北至后坝村改西行，沿石拐、青山、昆区、九原区大青山、乌拉山南麓西行进入乌拉特前旗。包头市境内全长120公里。长城墙体两侧100米、烽火台及障城四周100米为保护范围。一九八七年十二月列入世界文化遗产。

当年赵国借道阴山、河套修筑赵长城是出于赵国弱于齐、秦、魏，而强于中山、代、林胡、楼烦等诸侯国的实际，作出向北发展的战略决策，一方面有利于与楼烦、林胡作战，另一方面促进赵武灵王"胡服骑射"的重大改革，推动赵国走上了一条强兵强国之路，领土面积几乎扩大了一倍。

第二节

战国燕长城：初心守卫黄河奔大海

战国燕长城是从北京地区向东北地区修筑的，途经内蒙古赤峰市敖汉旗、喀喇沁旗。

表面上看，这段长城与黄河无关，实际上，它与当时黄河的入海口有关。当时的燕国包括北京、内蒙古、河北、辽宁的一部分。"燕昭王时，燕将秦开击败东胡，燕国的北界扩展到今内蒙古的东南缘、辽东半岛和朝鲜半岛的西端。随着疆域的扩展，燕国原来的居民随之迁入新的疆土，也进一步迁入朝鲜半岛北部。"[1]

春秋战国时期，黄河是从今日北京南端大清河一线通过海河注入渤海的，燕山上的长城当然有保护黄河之责任。

战国燕长城是燕国于燕昭王在位期间（公元前311—公元前279年）修筑的。其时，大将秦开北逐东胡，东胡退却千余里，在公元前290年前后，"燕亦筑长城，自造阳至襄平，置上谷、渔阳、右北平、辽西、辽东郡以拒胡"，相对于燕

---

[1] 葛剑雄. 黄河与中华文明［M］. 北京：中华书局，2020：129.

国此前沿易水北岸修筑的抵御齐、赵进犯的燕南长城，北部"拒胡"的长城一般被称作燕北长城。对于内蒙古而言，燕北长城主要分布在赤峰市敖汉旗、喀喇沁旗。

春秋战国时期，黄河是从海河入海，战国燕长城所保卫的也许就是黄河入海之处。北京、天津、河北等广袤而肥沃的华北平原，是黄河冲积扇平原。

公元前的黄河下游也叫禹河，正是战国燕长城所保护的范围。"对后世影响最多的'九川'是禹河，即公元前7世纪之前黄河下游的水道，其流经冀州地（今河南、河北至天津）入海的多支水道，被认为是禹疏的'九川'。司马迁这样记载：'（禹）至于大陆，播为九河，同为逆河，入于渤海。九川既疏，九泽既洒，诸夏艾安，功施于三代'。"[1]

从《辞海》刊载的《黄河故道示意图》可以看出，春秋战国时期的黄河下游入海就在今天的河北省、天津市的海河一带。

据统计，中华人民共和国成立前的2500多年间，黄河下游共决溢1500多次，改道26次，黄河"决溢范围北至天津，南达江淮，纵横25万平方千米，南北循环摆动，水之所至，'城郭坏沮，稽积漂流，百姓木栖，千里无庐'"[2]。

---

[1] 谭徐明. 多元的禹迹［N］. 人民日报海外版. 2022-05-05（9）.
[2] 杜尚泽，马跃峰，张晓松，等. 创作新时代的黄河大合唱［N］. 光明日报，2019-09-02（3）.

第三节

战国秦长城：最早直接与黄河"会晤"

长城为黄河而生，这一现象在鄂尔多斯高原十分明显。

蒙晋陕最早的"共享长城"，整体上位于黄河之南的河套地区，也就是秦始皇时期的"河南地"。

鄂尔多斯境内共有战国、秦、隋、宋、明5个时代的长城（遗址），总长228千米。

战国秦长城千里迢迢从甘肃、陕西而来，在鄂尔多斯准格尔旗十二连城遗址与黄河见面。战国秦长城从陕西省府谷县进入鄂尔多斯市境内后，大体呈由南向北的方向延伸于伊金霍洛旗、准格尔旗、达拉特旗和东胜区境内。伊金霍洛旗纳林塔段秦长城沿川北上，曲折蜿蜒，随地形高低起伏，蔚为壮观。

鄂尔多斯境内入选"第一批国家级长城重要点段名单"的只有一段长城，即战国秦长城纳林塔段（伊金霍洛旗境内）。

在秦始皇统一六国时，好多段长城已经修筑完成了，为秦始皇修万里长城提供了前置方案，从甘肃、陕北而来，到鄂尔多斯准格尔旗面见黄河的战国秦长

鄂尔多斯市准格尔旗十二连城城址（摄影　宋和平）

城，是中国长城家族中最早与黄河直接"会晤"的。"秦始皇统一六国时，形势已发生根本变化。在这以前，秦、赵、燕三国已在北方筑起长城，大致是从今甘肃岷县向北至临洮，再东北经宁夏固原，甘肃环县，陕西横山、神木，内蒙古鄂尔多斯至托克托县对岸黄河边，自今乌加河北岸沿阴山南麓，经呼和浩特、卓资县，河北张北县北、沽源县北、围场县，内蒙古敖汉旗，辽宁阜新市北、开原县南，折东南越过鸭绿江，终于朝鲜清川江入海口。"[1]

战国秦长城又叫秦昭王长城，这段长城始建于公元前272年，是秦灭义渠戎国后修筑的，是先于秦始皇长城的。这段古老的长城从陕北到达鄂尔多斯市后，静候黄河边。

《史记·匈奴列传》对此事有记载，称："秦昭王时，义渠戎王与宣太后

---

[1]　葛剑雄. 黄河与中华文明［M］. 北京：中华书局，2020：131—132.

乱，有二子。宣太后诈而杀义渠戎王于甘泉，遂起兵伐残义渠。于是秦有陇西、北地、上郡，筑长城，以拒胡。"

战国秦长城在准格尔旗十二连城和达拉特旗都与黄河结缘，有史料显示，战国秦长城是越过黄河、守护黄河的。"战国秦长城由南向北分布于鄂尔多斯市伊金霍洛旗、准格尔旗、达拉特旗、东胜区，全长94千米。"[1]

十二连城遗址地处"三市四旗县"之地，即鄂尔多斯市准格尔旗、达拉特旗、呼和浩特市托克托县、包头市土右旗将军尧镇。地处准格尔旗最北部的黄河南岸，库布其沙漠北部边缘，东与呼和浩特市托克托县河口古镇隔黄河相望，南与布尔陶亥苏木接壤，西与达拉特旗吉格斯太镇相连，北与包头市土默特右旗将军尧镇、托克托县双河镇隔黄河相望。

十二连城遗址属于隋唐胜州榆林城，始建于隋文帝开皇三年（583年），当时该城地处战略要地，可北凭黄河天险，南控鄂尔多斯草原、库布其沙漠，进退两易，后设立郡。"开皇二十年（600年）置胜州。隋大业五年（609年），改置榆林郡，郡治在今鄂尔多斯市准格尔旗十二连城古城。辖境包括今鄂尔多斯高原、呼和浩特平原西段。"[2]

先有战国秦长城，后有隋唐十二连城，长城选择与黄河见面的地方，是个有故事的地方。

十二连城对面的呼和浩特市托克托县河口古镇是黄河上游和中游的分界点，是历史的选择、现实的风景。

长城与黄河"会晤"，让后人铭记千古。

---

[1] 乔明，甄志明. 追寻鄂尔多斯地区长城文化[N]. 鄂尔多斯日报，2022-08-10（5）.

[2] 杨道尔吉. 内蒙古历史文化（图文版）[M]. 北京：民族出版社，2011：145.

第四节

秦长城：生来守护黄河"几字弯"

马蹄丈量过所有的秦长城。

长城是中国古代各民族碰撞与融合的舞台。

长城从大海奔向黄河，黄河从高原奔向大海。

穿越燕山山脉、阴山山脉的秦长城，就在呼和浩特市、包头市、巴彦淖尔市的山顶上眺望着黄河。

秦始皇长城西起临洮（今甘肃岷县），东至鸭绿江（今辽宁省东部、南部及吉林省东南部地区）共筑万余里，史称"万里长城"。秦始皇三十三年（公元前214年）遣大将蒙恬北逐匈奴，筑长城，以防匈奴南进，史称秦长城。秦长城实际是在战国时期秦长城、赵长城、燕长城的基础上修建的。

秦长城整体上"环绕"着黄河"几字弯"，如今，秦长城遗址最壮观、最雄伟之处就在包头市固阳县、巴彦淖尔市乌拉特前旗。

秦长城从临洮至固原地区的一段沿用了原秦昭王长城，其新筑部分是从固原

长城拥抱黄河

雄伟的包头市固阳县秦长城康图沟段（摄影 张伟）

地区自北向西越过黄河，沿贺兰山北上，从宁夏进入内蒙古阿拉善左旗，复由阿拉善左旗东北行，到达乌拉特后旗，又从乌拉特后旗延伸到狼山。出狼山后插入大青山北麓，其中部分地段修缮利用了赵长城。建设在呼和浩特市武川县、新城区的秦长城与建在大青山南麓的赵长城连为一体。

在黄河以北地区，有4段秦长城纳入"第一批国家级长城重要点段名单"，即呼和浩特市新城区的秦长城坡根底段、包头市固阳县的秦长城天盛成段、巴彦淖尔市乌拉特前旗的秦汉长城广申隆段、巴彦淖尔市乌拉特中旗的秦汉长城同和太—东希日朝鲁段。

在呼和浩特市大青山下坡根底一带，秦长城与赵长城握手，这段秦长城一直向北通过武川县与固阳县秦长城连在一起，然后，与巴彦淖尔北麓阴山山脉上的秦长城构成了直至甘肃的长城。

包头市固阳县康图沟秦始皇长城（摄影 高晓梅）

这段秦长城与赵长城连为一体后，把长城向北推进了100多千米，与大草原连在一起。与此同时，也与从辽东地区"赶来"的、途经辽宁、北京、河北及内蒙古乌兰察布市的秦长城相会。

我国著名建筑学家、长城专家罗哲文称赞："固阳秦长城是我国早期长城的典型代表，是中华民族灿烂文化的一个亮点"。"我们确认该长城是公元前214年秦始皇派大将蒙恬修筑的，而且是我国现存至今秦代长城中保存最完好的一段……"[1]

秦长城多半修筑在大青山北坡，依山就险，因坡取势。修筑方法主要有以下几种。修筑于大青山上的一般就地取材，在石料丰富的山地为石筑，全部是石块错缝垒砌。在低山、坡势较缓地带采用土石混筑方法，长城两侧垒砌石块，中间

---

[1] 张伟. 行走秦长城：穿越两千二百年的历史回望［N/OL］. 2022-09-19.

长城拥抱黄河

巴彦淖尔市乌拉特前旗秦长城（摄影　王东麟）

填以土、石。在山隘谷口及平川地带采用沙土夯筑，每隔一段有一座烽火台，烽火台多设在视野宽广的山巅。离烽火台不远的高地上，有房子坍塌后留下的石墙圈遗址。这是守城士兵的城堡，看到这些供驻兵戍守用的房子的遗迹时，人们会很自然地和史书上亭的建制联系起来。在重要的山口和关隘处，往往有障城，它是附属于长城的军事城堡。

第五节

两汉长城：万里奔波为黄河

两汉长城即西汉长城和东汉长城。汉长城在呼和浩特市武川县大青山后坡，在临近黄河的乌拉特草原上，也直指黄河的方向。在汉代，黄河在河套地区的阴山脚下，汉长城就成为黄河身边的一道脊梁。

呼和浩特市也是西汉长城北线、西南端的一个起点。

汉代初期仍沿用秦长城设防。汉武帝时加固了阴山地带的长城，增筑了一系列障、塞。汉武帝时在五原郡（今巴彦淖尔市境内）外兴筑的外长城，现存有两道，称北线和南线。大部分为土筑墙体，南北相距5～50千米。北线东南端起点在呼和浩特市武川县后石背图村山顶，向西北横贯阴山背面的草原地带，经达尔罕茂明安联合旗、乌拉特中旗，至乌拉特后旗西北部深入蒙古国境内，止于翁金河流域一带。

汉长城从甘肃到辽东始终围绕黄河西段、北段，依恋黄河、守护黄河，可谓万里迢迢前来看护黄河。

汉武帝时，还在居延海（今阿拉善盟额济纳旗）附近兴筑了张掖郡北面的外

长城拥抱黄河

长城，通称居延塞或居延边塞。主线自阿拉善盟额济纳旗东北部向西行，再折向西南行至居延海西南方时，与自居延海东南向西南方伸延的支线汇合，再沿弱水（额济纳河）向西南伸延，进入甘肃省金塔县境内，全长约250千米。上述汉代长城遗址在内蒙古地区东西绵延总长约2800千米，其中汉代兴建墙体和列燧的总长度约1600千米。

到东汉初年，匈奴势衰，乌桓内侵，东汉王朝招降部分乌桓部族为其守边。据《后汉书·乌桓鲜卑列传》记载："乌桓或愿留卫，于是封其渠帅为侯王君长者八十一人。皆居塞内，布于缘边诸郡，令招来种人，给其衣食，遂为汉侦候，助击匈奴、鲜卑。"东汉王朝利用乌桓守边，鉴于乌桓的流动性较强，不再修筑长城墙体，主要是用烽燧线进行瞭望报警。这些烽燧主要分布于赤峰市境内。

汉长城又称外长城，附属设施是塞外列城，是汉武帝太初年间所修的长城。经过考古工作者的考察发现，汉王朝修建过一条西起甘肃敦煌西，东至朝鲜平壤

呼和浩特市武川县汉代烽燧（摄影　王东麟）

南，长达1万多千米的外长城，比明长城还要长。它是一条以壕沟或利用自然地形建成的屏障，是由烽燧、古堡、亭障等组成防御工事的外长城，在汉代书简中被称为塞。汉长城一般都是就地取材，或用沙子和石子，或凿石垒墙，或取土夯筑，在沙漠杂以芦草和柳枝层层叠压而成，并在外长城各枢纽建立要塞，驻扎装备弩机和长戟的骑兵巡逻。汉武帝在此筑城以屯田、养马，作为防御和进攻匈奴的基地。

汉长城遗址位于巴彦淖尔市乌拉特草原上，近似弧形并向西北方向延伸，有些长城遗址延伸到今天的蒙古国境内。巴彦淖尔市南线汉长城从乌拉特中旗、乌拉特后旗境内，经宝音图、乌力吉苏木西北入蒙古国，在巴彦淖尔境内长约300千米。巴彦淖尔市北线汉长城从乌拉特中旗、乌拉特后旗，经巴音前达门苏木巴音查干向西南入宝音图苏木，再向西南入乌力吉苏木，复转向西北，经乌力吉苏木的沙尔扎塔、呼伦陶力盖西北入蒙古国境内，在巴彦淖尔市境内长约280千米。

在呼和浩特市武川县境西部区的汉外长城也分为北线和南线。北线东南端起点在今武川县哈拉合少乡后石背图村后的大山顶上，向西北延伸进入达茂旗境内。南线东南端起点在今武川县西乌兰不浪乡西部的马鞍山上向西延伸进入固阳县境内，再向西北行进入达茂旗境内。汉外长城是在汉武帝太初三年（公元前102年）由徐自为筑成。目前遗址是沙土混筑，保存较好，个别地段用石块垒砌，基宽3~6米，残高0.5~3米，沿线分布有障址。

第六节

北魏长城：千里跃进向黄河

每一声叫醒长城的驼铃，都呼唤着永不消散的历史踪影。

北魏在统一黄河流域的过程中，修筑了河套北魏长城，而且招募了十来万人一起修长城，促进了中原文化与草原文化在黄河流域的交流与融合。"太平真君六年（445年）九月，卢水胡头领盖吴占据杏城（今陕西省黄陵南）反魏，自称秦地王，拥兵10万，并遣使联络刘宋，一时间声势浩大。而就在此时，盘踞在蒙古高原的柔然也蠢蠢欲动。为了防备柔然，拓跋焘调发司州、幽州、定州、冀州10多万人从上谷（今河北省怀来县）至河套修筑长达千余里的长城，并在边镇广积粮草，以备柔然发动大规模进攻。"[1]

北魏政权建立的第一个首都，就是和林格尔县的盛乐古城。北魏长城至今巍然屹立在呼和浩特市大青山后坡上。

北魏长城是难得的从北京附近挺进黄河"几字弯"的长城。北魏长城不远千里从燕赵大地与大草原的接壤处坝上草原走来。《魏书·太宗纪》有简略记载：

---

[1] 赖晨. 北魏刁雍与黄河航运开发［N］. 中国水运报，2019-12-16.

"（泰常）八年正月丙辰……蠕蠕犯塞。二月戊辰；筑长城于长川之南，起自赤城，西到五原，延袤二千余里，备置戍卫。"这里的赤城就是河北张家口市赤城县，属于京西北坝上地区。这里的五原就是巴彦淖尔、包头附近的黄河名郡了。据《包头文物资料》载，北魏时的五原故址在今包头昆都仑河西岸孟家梁古城，其辖境为包头固阳一带。北魏修筑这道长城主要是为了防备柔然，同时也兼有防备东北部契丹族的作用。这道长城东起河北赤城，绕独石口转而向西至张北，继续西行，经内蒙古草原到达固阳北境，再由固阳之北趋向阴山。

北魏长城在呼和浩特市武川县西部区西乌兰不浪镇。从遗址来看，其走向从达茂旗南进入武川县境内在西乌兰不浪镇的水泉村北的小山梁上终止，在这里与秦汉长城相会。北魏长城建筑年代为北魏泰常八年（423年），武川县北魏长城为土垄边墙，宽2.5～3米，高0.5～1米，单一条长城线，无马面和烽火台，在武川境内发现的二份子乡北魏古城遗址应是北魏长城线上一座具有军事性质的镇边长城。

北魏时期，曾三次大规模修筑长城。"北魏是鲜卑人拓跋珪建立的北方政权，是南北朝时期北朝第一个王朝。386年，拓跋珪在牛川（今呼和浩特市东南）即代王位，定都盛乐（今呼和浩特市和林格尔县），改国号为魏，史称北魏。398年，迁都平城（今山西省大同市），次年拓跋珪称帝。439年，太武帝拓跋焘统一北方。493年，孝文帝拓跋宏迁都洛阳，大举改革。534年，北魏分裂为东魏和西魏。据史书记载和专家研究，北魏为防备北方草原上的柔然南下以及南方其他割据政权的进攻，先后三次大规模修筑长城。"[1]

为防御柔然以及契丹，北魏于太宗明元帝末年，在北部修筑长城1000余千米，又在太武帝拓跋焘时，于长城内侧设置军镇，以护卫首都盛乐（今和林格尔县）、平城（今大同市）地区的安全。

北魏长城的东起点赤城有"首都水源地、山水林泉城"之称，地处河北西北部，东邻承德，北靠坝上，南与北京山水相依，是千年古县、京北边城。赤城

---

[1] 高晓梅，方金良. 北魏长城：千年遗脉叙沧桑——内蒙古境内长城系列之五［N］. 内蒙古日报，2021-07-07（11）．

长城拥抱黄河

温泉曾是皇家御用泉，北魏地理学家郦道元在《水经注》中称此泉为"关外第一泉"，由总泉、胃泉、眼泉等6处自涌式泉水组成，属国内少有的医疗型硅酸锶氟泉。赤城县历史上是著名的边陲重镇，县境内独石口是长城的重要关口，是"走西口"的重要节点。

一条北魏长城穿起北京、张家口坝上地区和阴山山脉。

北魏长城呈月牙儿形，从张北进入内蒙古后，由化德县南，西经商都县卯都乡、二道洼乡、屯垦队、大拉子乡，然后进入察右后旗的红格尔图乡、当郎忽洞乡，再由当郎忽洞乡西北行，穿入察右中旗乌素图乡、巴音乡、库伦苏木，又西北行经四子王旗吉庆苏木、查干宝力格苏木，再往西到达茂旗的大苏吉苏木，而后进入召河苏木，又由召河苏木延伸至武川县西北，进而插入固阳县北境。

包头市达茂旗北魏长城遗址（摄影　王东麟）

内蒙古境内的北魏长城有4条。第一条是北魏泰常八年（423年）修筑的长城，修缮利用了秦汉长城，大致以秦代蒙恬修筑的位于阴山山脉北坡的秦始皇长城的东端，即今呼和浩特市新城区毫沁营镇坡根底村附近为界，以西部分利用了阴山秦汉长城，以东部分利用了战国赵北长城，再向东至卓资县三道营古城东北，又向南利用了蛮汉山秦汉长城。第二条为六镇长城南线，分布于阴山山脉以北的乌兰察布草原。第三条为六镇长城北线，由东向西分布于四子王旗、达茂旗和武川县境内。第四条为太和长城，东自河北丰宁满族自治县，延伸至内蒙古锡林郭勒盟多伦县、正蓝旗境内，修筑于北魏太和年间。

北魏除了在北方草原筑长城置军镇，还修筑了到达黄河东岸的长城。北魏太平真君七年（446年），在平城（今大同市）周围筑畿上塞围。《魏书·世祖纪》载："丙戌，发司、幽、定、冀四州十万人筑畿上塞围。东起上谷，西至于河，广袤皆千里。" 畿上塞围指环绕京城地区所筑的军事防御工程，有环绕平城北面的，起点是今北京市延庆区附近，由居庸关向北，经河北省、山西省北境，而后进入内蒙古兴和县，由兴和县经丰镇市、凉城县、和林格尔县及清水河县，到达黄河东岸。畿上塞围也有环绕平城南面的，从居庸关起向西南行，至山西省灵丘县后向西，经今平型关、雁门关、宁武关至偏头关。

第七节

北宋长城：站在河西望河东

鄂尔多斯市准格尔旗黄河边的北宋长城烽燧线是目前在内蒙古发现的唯一的宋代长城。

北宋统治者初期统辖着河东地区，即山西中南部。河西的鄂尔多斯大部分是西夏的领地。在鄂尔多斯准格尔旗修筑北宋长城就是要守卫河西、守护河东，将河东、河西的防线连为一体。

北宋时期，准格尔旗、河曲县及山西雁门关一带一直到河北的雄安新区，是北宋王朝的北方边界。"两宋版图十分狭小。北宋时期北界达河北中部，基本沿今山西河曲、岢岚、原平、代县、繁峙和河北阜平、满城、容城、霸州及天津市区一线。"[1]

后来北宋逐步退出黄河方向，向南撤退，北宋长城也就失去了作用。"靖康元年（1126年）正月，京师开封告急，徽宗南下避难，才到亳州（今安徽亳州市），随行官员已开始潜逃。八月，宋军在今山西境内战败，境内百姓渡黄河南

---

[1] 蓝勇. 中国历史地理学［M］. 北京：高等教育出版社，2002.

奔，'州县皆空'。"[1]

北宋在今准格尔旗纳日松镇一线设立名曰"丰州"的军事据点。西夏与北宋反复争夺丰州。1129年，丰州被与西夏联合攻宋的金朝占领，到1146年，金朝又将丰州赐予西夏，自此西夏一直管理丰州。直至1227年，西夏灭亡后，丰州城沦为废墟。

丰州城虽几易其主，但从砦址、烽火台等防御设施看，实际上构成了一个以丰州城为中心、以河险为依托、以砦址为护卫、以烽火台为延伸的综合性长城防御体系。

如今，在准格尔旗羊市塔、纳林庙、松树塌、川掌、大路峁等地均发现了这样的烽火台，共有20多座，被当地人叫作敖包圪旦，形成了一条完整的烽燧线。敖包圪旦底部呈圆锥形，表面长满杂草，顶部为圆柱形的石砌敖包。经过考古鉴定后，敖包圪旦的底部均为黄土夯筑而成，夯层清晰可见，看似敖包，实为北宋烽火台。烽火台均由黄土夯筑而成，底部直径8～20米，高4～16米，夯层厚0.08～0.2米。每隔2.5～5千米一座，登上一座方能望见下一座，绵延相连，分布于500平方千米的区域内。

依据《中国历史地图集（宋·辽·金时期）》分析，这一时期，鄂尔多斯大部被西夏占据；东北部的今达拉特旗、东胜区、准格尔旗东北被辽占据，为辽河清军、金肃军属地；准格尔旗南部被北宋占据，为宋丰州属地。

唐、宋、西夏、辽、金、元各代都曾在今内蒙古地区设置过丰州，唐丰州城址在今巴彦淖尔市五原县黄河边，辽、金、元丰州城址在今呼和浩特市，宋、西夏丰州城址在今鄂尔多斯市准格尔旗境内。

我国目前发现的宋长城非常少，准格尔旗宋代烽燧线作为鄂尔多斯市乃至内蒙古自治区唯一一段宋代长城军事防御设施，在全国也属罕见。

---

[1] 葛剑雄. 黄河与中华文明［M］. 北京：中华书局，2020：156.

第八节

西夏长城：大漠西河建大墙

> 长城驼峰线，大漠好风情。
> 拱卫黄河湾，一路到草原。

西夏长城距离胡杨林很近，拱卫在黄河"几字弯"之"西弯"、套西地区，一半是大漠，一半是戈壁。

西夏长城从胡杨的故乡走来，穿越大漠、戈壁，到达乌拉特草原，可以推测，当年修筑长城者也许是骑着骆驼行进的。

西夏是由党项族在我国西北地区建立的封建王朝，12—13世纪，西夏势力范围包含今内蒙古中西部地区。13世纪初期，西夏重新加固和修缮了西汉时期的长城，在其南侧又修建了许多城堡，每座城堡之间的距离为10~20千米，保持着与长城之间的联系，当地牧民至今称其为"成吉思汗边墙"。西夏长城主要分布于巴彦淖尔市乌拉特中旗、乌拉特后旗、磴口县和阿拉善盟额济纳旗等地。

西夏修长城离不开骆驼。阿拉善骆驼总数占全国骆驼总数的2/3，素有"中国驼乡"之称。在长期的生活和劳动实践中，阿拉善的牧民不分男女老少，都练就了一套高超的夏骑马、冬乘骆驼的骑术。放牧中，牧民们三五成群，挑选强健的骆驼相互赛跑，以展示骆驼素质为乐趣。每逢婚宴、敖包盛会、寺庙经会等重要集会，散居大漠的牧民相逢驱驼疾驰，自发的赛驼成为深居大漠牧民群众的一大乐趣，形成了悠扬驼铃声中独特的骆驼文化。

　　长城驼峰线，仰望贺兰山。修筑西夏长城的建设者也一定喜欢著名的宁夏滩羊。在贺兰山东麓的宁夏平原上，那些在青草间成长的羊群有着自己的名字：滩羊。宁夏五宝中的"白宝"就是指滩羊皮做成的坎肩、马褂、背心等。尤其是黄河东岸的盐池县滩羊，这些按当地人所说"吃着甘草、喝着矿泉水"长大的滩羊，给盐池县赢得了"中国滩羊之乡"的美誉。《宁夏风物志》中记载，滩羊是蒙古羊的一个品种，后来迁移到贺兰山东麓的宁夏平原上，由于品种优异，再加上有丰足的牧草和多种草药为食，宁夏的滩羊成了世界上独一无二的品种。

　　一方水土养一方人，一段长城有一个地方风情的故事。

☑ 阅读导览
☑ 了解长城
☑ 领略风光
☑ 探索发现

第九节

金界壕：一路向西找黄河

走在呼和浩特市大青山的金界壕长城上，看到周围的风车隆隆地转动，更觉得几百年前长城建设者们的艰辛，直至今日，这里也是大青山后山草原大风口，遥想当年修筑长城是何等的艰难。

著名学者王国维在《金界壕考》中提道："界壕者，掘地为沟堑，以限戎马之足；边堡者，于要害处筑堡以居戍人。"

金界壕长城大致走向是从今天的呼伦贝尔大草原直奔大青山，可谓一路向西找黄河。

金界壕始建于金太宗天会年间（1123—1135年），全长5000余千米。东北地区的女真族建立金王朝后，为抵御蒙古骑兵南下而修建。"界壕"也称"长城""旧寨""兀术长城""明昌长城"。波斯历史专家拉施都丁在《史集》中说，金朝皇帝为了防御蒙古、克烈、乃蛮等部，修筑了一道大墙叫"汪古"。

金界壕遗址主要分布在内蒙古境内，由东向西贯穿呼伦贝尔市、兴安盟、通辽市、锡林郭勒盟、乌兰察布市、呼和浩特市、包头市。

武川县的金界壕遗址（摄影　宋和平）

呼和浩特市的金界壕长城分布在武川县西北部，大体呈南北走向，自达茂旗进入武川县二份子乡境内，向东南延伸进入西乌兰不浪镇境内，经哈拉合少乡石背图村至庙沟乡的上庙沟村西南的大青山北麓。

金界壕的使用时间较短，它和历代长城的修筑方法及设置有所不同。金界壕由壕堑、壕墙以及墙体上的马面、女墙等组成。金界壕采用屯土筑壕，呈堑壕状，以防战马冲越。掘壕取土在内侧筑墙，界壕现虽已颓塌，但从保存较好的段落看，壕深加墙高超过4米，高的可达5米。墙体上筑有马面，高出墙身，伸出墙外，可使戍卒居高临下利于射箭，增加防御效果。依据地区的战略重要性，配有单壕单墙、单壕双墙、双壕双墙等不同类型的防御设施。建筑材料多为土筑或土石混筑，只有部分位置进行夯实。

金界壕之界壕只是缓兵之墙，主要目的不是阻止敌人进入，而是增加敌军进攻的难度，延缓其进军的速度。与其他朝代以高大的边墙阻挡敌人有着本质的区别。

著名学者王国维在《金界壕考》中引用《金史·独吉思忠传》写道："承安三年，除兴平军节度使，改西北路招讨使。初，大定间修筑西北屯戍，西自坦舌，东至胡烈么，几六百里。中间堡障，工役促迫，虽有墙隍，无女墙副堤。思忠增缮，用工七十五万，止用屯戍军卒，役不及民。上嘉其劳，赐诏奖谕曰……"

专家认为金界壕长城以走向而言可称为岭北线、北线和南线。气势磅礴、规模巨大的金界壕是我们中华民族的珍贵文化遗存。它迤逦于广阔草原之上，见证了历史沧桑，被称为草原上的美丽弧线。

武川县金代长城（摄影　任彬）

第十节

明长城：从大海赶来抱黄河

夯土夯实的长城包含了多少历史艰辛，包含了多少血与泪纵横驰骋。

笔者多次登临以夯土为主的明长城，总觉得长城夯土比钢铁、金石还硬。雷劈不动，雨打不平，永远是一座不倒的山峰。

明长城是内蒙古所有长城中的"小兄弟"。从大海赶来的明长城对黄河的感情最深。在黄河"几字弯"里，明长城从东边、南边、西边不同的方向奔向黄河、拥抱黄河、守护黄河。

如今，明长城也成为黄河上游、中游地区的重要地理识别线。

内蒙古明长城分别隶属于明朝时期的大同镇、山西镇（太原镇）、延绥镇及宁夏镇管领，南部边缘有两道明长城遗址，主要是大边长城和二边长城。

大同镇管领的大边长城，东起河北省怀安县马市口的镇口台，向西行经乌兰察布市兴和县、丰镇市、凉城县，呼和浩特市和林格尔县南至清水河县丫角山。在此处，这道长城的"接力棒"交给山西镇，继续西行奔黄河，到了老牛湾后拥抱了黄河。

长城拥抱黄河

呼和浩特市清水河楗木塔段明长城（摄影　张伟）

山西镇管领的二边长城，东起内蒙古兴和县，西行至黄河东岸的老牛湾，墙体转而向南，在黄河东岸延伸至山西省境内。这段长城多数地段为今内蒙古与山西的分界线，总计长约923千米，基本用土夯筑成。

延绥镇管领的长城，东端起点在准格尔旗龙口镇大占村的黄河西岸，长约10千米，墙体为土筑。这段长城起点就在准格尔旗黄河西岸。

宁夏镇管领的长城在今内蒙古与宁夏交界地带，共有3段，分别位于鄂托克前旗南部、乌海市巴音陶亥镇、银川市、石嘴山市与阿拉善左旗交界的三关口，合计长约70千米，墙体均为土筑，沿线筑有墩台等。这段长城从内蒙古乌海市海南区过黄河与宁夏中卫市握手。

明长城生来以拱卫北京为主，以九边重镇为重要军防点，以卫所为网络，以

第二章　长城自古奔黄河

乌兰察布市兴和县四道沟长城（摄影　高晓梅）

长城为屏障和阵地，形成奔向黄河的北部严密防线。明长城绵延于北方崇山峻岭之中，"城堡以便保聚，墩台以明烽火，边垣以限华夷"，三者相互配合，构成一道横贯万里、纵深几十至数百里的防线。

明长城距离黄河"几字弯"最近。乌兰察布市兴和县、丰镇市、凉城县，呼和浩特市和林格尔县、清水河县，鄂尔多斯市准格尔旗、鄂托克旗，乌海市，阿拉善盟阿拉善左旗等均有明长城，成为塞上与塞外、草原和中原、游牧文化与农耕文化的"最美融合线"。

- 阅读导览
- 了解长城
- 领略风光
- 探索发现

第三章

长城围着黄河转

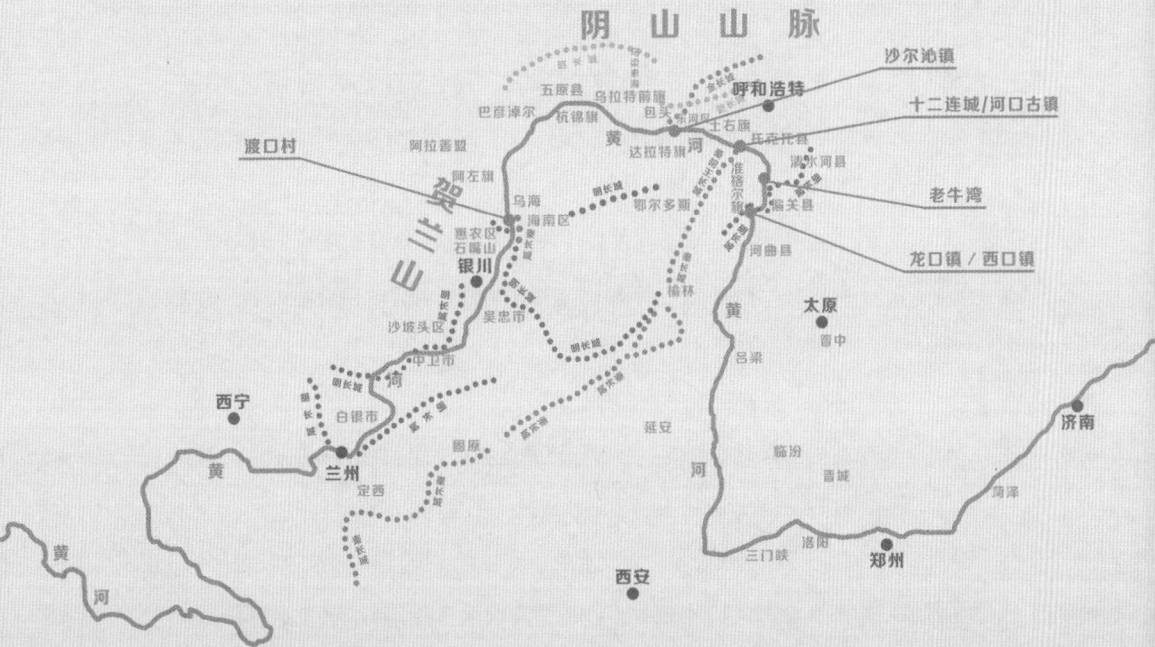

- 东西南北　长城拜倒在黄河的"石榴裙"下
- 呼和浩特　南北长城爱黄河
- 鄂尔多斯　长城左右开弓向黄河
- 巴彦淖尔　千里长城怀抱黄河最北端
- 包头　水旱码头望长城
- 乌海　先有长城后建"水城"
- 阿拉善　长城黄河齐听驼铃声
- 乌兰察布　大墙护着水源地

随手打开地图，不难看出，在黄河"几字弯"周围，长城从多个方向围着黄河展开梦想的翅膀。

从西周开始，长城的修建持续了23个世纪。长城目前的遗址总长度超过2.1万千米，分布于我国15个省（区）市，包括内蒙古、陕西、山西、河北、天津、北京、新疆、宁夏、青海、甘肃、河南、山东、黑龙江、吉林、辽宁等。

其中，内蒙古夺得"三项冠军"。

一是墙体长度最长。全国长城遗址总长度21196.18千米，内蒙古的长城调查长度7570千米，占长城遗址总长度的35.7%。

二是历经朝代最多。内蒙古的长城包括战国、秦、汉、魏、金、明等9个历史时期、11个政权，打造了集墙体、壕、障、天险等为一体的立体性防御工程体系。

三是分布范围最广。内蒙古的长城遗址分布于内蒙古12个盟市、76个旗县。

长城围着黄河转，主要是围着黄河"几字弯"，黄河流过大草原，长城同样偏爱大草原。

第一节

东西南北　长城拜倒在黄河的"石榴裙"下

从秦汉长城可以看出，秦汉长城像一条巨龙，沿着蜿蜒的阴山主脉延伸，包围黄河"几字弯"。

黄河"几字弯"的四周都是长城，南边是著名的明长城，西边是秦汉长城、西夏长城，北边的长城更多，大多数朝代都在这里修筑过长城。

长城依恋黄河，黄河关爱长城。长城围着黄河转，成为陈列在中华广阔大地上的宝贵遗产。

长城是人工修筑的伟大工程，现在的黄河"几字弯"是在人工干预下固定河床的。"据统计，中华人民共和国成立前的2500多年间，黄河下游共决溢1500多次，改道26次。"[1]

长城与黄河都以雄伟壮丽的身姿、一往无前的气势体现了中华民族顽强坚韧、勇敢智慧的品格，见证了中华民族波澜壮阔、灿烂辉煌的历史，凝聚着中国

---

[1] 上海辞书出版社. 辞海（第七版彩图本）[M]. 上海：上海辞书出版社，2020：1841.

人民众志成城、团结奋进的精神。

以秦长城为例，从东、南、西、北4个方向进入内蒙古，它们有一个共同的目标：围着黄河转，呈现拥抱黄河的大格局。

南边：战国秦长城千里跃进黄河边

位于鄂尔多斯市境内的战国秦长城主要分布在今天的伊金霍洛旗、准格尔旗、达拉特旗和东胜区。这段长城始建于公元前272年的秦昭襄王时期，故而又被称为秦昭襄王长城，比秦始皇长城还要早。

这段长城一出生就奔向黄河。

这段战国秦长城从陕北一路穿越鄂尔多斯高原，穿越毛乌素沙地、库布其沙漠，在准格尔旗十二连城与黄河见面。

历史上的战国秦长城大致由南向北、偏东，起始于甘肃临洮县，经宁夏、陕西北部等地，由伊金霍洛旗纳林塔村进入鄂尔多斯市，总长度约2000千米。

目前，纳林塔段长城是鄂尔多斯市境内保留较为完整的战国秦长城。

鄂尔多斯市东胜区、伊金霍洛旗和准格尔旗的战国秦长城与秦始皇无关，但是，鄂尔多斯民间流传着秦始皇跑马修边墙的故事，内容非常生动。说的是秦朝建立以后打败了匈奴，秦始皇骑着一匹宝马在鄂尔多斯高原上驰骋，秦始皇骑着宝马跑到哪里，边墙就修到哪里。就这样，鄂尔多斯地区有了许多边墙。

北边：赵长城、秦汉长城遥望黄河

在内蒙古后套地区，黄河的北河原来就在阴山脚下，而山上就是秦汉长城。"北河，清以前黄河自磴口以下，分为南北二支，北支约当今乌加河，时为黄河正流，对南支而言，称北河。汉元朔初，卫青取河南地为朔方郡，架桥于北河上

呼和浩特市新城区秦汉长城遗址（摄影　宋和平）

即此。"[1]

赵长城从河北张家口市蔚县出发，一路向西，向着黄河的方向，行进的路线基本与黄河是平行的，一直到巴彦淖尔市乌拉特后旗呼和温都尔镇达巴图古城的高阙塞。汉代以前的北河就在高阙塞附近，如果黄河不改道，高阙塞仍然是黄河北岸的小伙伴。以巴彦淖尔市阴山长城为例，战国时期，七雄割据一方，秦、赵、燕始建长城以固疆。在巴彦淖尔市境内，战国赵长城、秦汉长城、两条汉外长城4段长城横亘东西、纵贯南北。

《史记》载"赵武灵王，亦变俗胡服，习骑射，北破林胡、楼烦。筑长城，自代并阴山下，至高阙为塞"，这是有关长城的最早记录。当时的"代"就是张

---

[1] 上海辞书出版社. 辞海（第七版彩图本）[M]. 上海：上海辞书出版社，2020：219.

呼和浩特市乌素图战国赵长城遗址（摄影　高晓梅）

家口市蔚县。高阙塞的两边是高耸的红色山峰，十分高大，形似双阙，这就形成了一座险要的军事要塞高阙塞遗址。这里是当时北方游牧民族进入南方的通道，有"一夫当关，万夫莫开"的态势。

这个高阙塞就在阴山脚下、黄河北河旁边，与此同时，战国赵长城途经呼和浩特市、包头市，也是围着黄河转。

在呼和浩特市武川县，秦长城从北向南，与大青山前坡的赵长城形成"丁"字形长城，总的方向是向着黄河的。

西边：大漠见证秦长城、明长城与黄河牵手

黄河"几字弯"的西边被秦长城、汉长城和明长城包围着。秦长城主要在乌

呼和浩特市清水河栜木塔段明长城（摄影　张伟）

海市海南区沿黄河一带，明长城也在乌海市海南区沿黄河一带，历史上被称为河边长城。

西端的秦长城从宁夏进入内蒙古，一直沿着黄河走，烽火台就在黄河岸边或离岸边不远处。秦始皇长城从临洮至固原地区的一段沿用了原秦昭王长城，其新筑部分是从固原地区由北向西越过黄河，沿贺兰山一路北上，从宁夏进入内蒙古的阿拉善左旗，复由阿拉善左旗向东北行，到达乌拉特后旗，又从乌拉特后旗延伸到狼山一带。

来自宁夏的明长城进入内蒙古乌海市之后，一开始在黄河边上走，后来又穿越黄河，在大沙漠里与秦长城牵手。

这个线路基本上围绕着黄河"几字弯"最西边的一段。

汉长城在黄河西岸纵横阿拉善盟、乌拉特草原地区，与南边的秦长城、明长

在老牛湾国家地质公园，明长城深情抱黄河（摄影　宋和平）

城一起，围着黄河"几字弯"的南、西、北三面。

西边的长城与东边的长城，围着黄河"几字弯"转来转去，最后相会在黄河岸边。

东边：八达岭长城直奔老牛湾

在黄河"几字弯"的东段，主要是呼和浩特市地区、忻州市地区，明长城的大边长城、二边长城和河边长城正好与南边的明代榆林长城、宁夏长城联起手来，一道道关隘、一条条长龙，作为黄河"几字弯"的防御屏障，横亘在蒙晋陕三省交界处。

据资料显示，长城约有上千个关口，比较著名的有十三关，分别是山海关、黄崖关、居庸关、紫荆关、倒马关、平型关、偏头关、雁门关、娘子关、杀虎口、嘉峪关、阳关、玉门关，其中，偏头关、雁门关、杀虎口、嘉峪关、阳关、玉门关等就围着黄河或大迂回环绕着黄河。

呼和浩特市清水河县明长城是北京八达岭长城的"兄弟"。明长城一路向西，向着黄河的方向，来到内蒙古与山西、陕西地界围着黄河转，形成了长城拥抱黄河的壮美奇观。

我们今天看到的万里长城主要是指明长城，明长城从东、南2个方向围绕着黄河，而秦汉长城从北、西2个方向围绕着黄河。

历代长城或拥抱黄河，或牵手黄河，或守望黄河，在长城上看黄河，在黄河上观长城，别有一番风情。

黄河"几字弯"在内蒙古地段涉及7个盟市：黄河直接流经乌海市、阿拉善

乌海市海南区黄河岸边二道坎烽火台（摄影　宋和平）

盟、巴彦淖尔市、鄂尔多斯市、包头市、呼和浩特市，辐射水源地为乌兰察布市。黄河在内蒙古的7个盟市流经河套平原、鄂尔多斯草原、阿拉善草原及腾格里沙漠、乌兰布和沙漠、库布其沙漠、毛乌素沙地，仰望贺兰山、阴山，整体上属于内蒙古高原、黄土高原地带，形成了黄河流域的特殊景观。

- 阅读导览
- 了解长城
- 领略风光
- 探索发现

第二节

呼和浩特　南北长城爱黄河

呼和浩特地区的秦长城、汉长城、北魏长城、金长城和明长城都是围绕黄河铺开的。

呼和浩特市位于黄河"几字弯"的东北部，黄河从这里蓦然回首，向南流去。黄河从河源到内蒙古呼和浩特市托克托县的河口镇为上游。黄河流经呼和浩特市102.5千米，形成蒙晋陕黄河大峡谷。

呼和浩特全域都属于黄河流域。赵长城遗址在前山，秦长城、汉长城遗址在后山。从战国到明代，呼和浩特地区的所有长城都围着黄河转，或者修筑在黄河支流旁边。直到今天都可以清晰地看到，在呼和浩特市大青山前坡，赵长城遗址蜿蜒在前坡的腰部，从赛罕区到土左旗，赵长城有时贴近山脚，有时依偎在山坡上。

呼和浩特市的新城区、回民区、赛罕区、土默特左旗、武川县、和林格尔县和清水河县等8个旗县共有战国、秦、汉、北魏、金、明历代长城达657千米，单体建筑及相关遗存1096余处。

长城拥抱黄河

呼和浩特市清水河楝木塔段明长城（摄影　张伟）

呼和浩特市的赵长城与黄河的支流大黑河、小黑河交叉、纵横，有时为一个方向，有时拦腰守护。赵长城大部分用土夯筑，在一些土壤不多的山谷口多用石块垒砌。大黑河流域内有赵长城、秦汉长城、北魏长城。黄河的流向由西向东，大黑河干流由东北方流来，形成对流格局，故称逆向支流。

长城与大黑河及其支流"水城环绕"。据《水道提纲》记载，其名为伊克图尔根河，后因流域内土质黝黑而称大黑河，是黄河上游末端的一条支流，发源于乌兰察布市卓资县境的十八台镇坝顶村，流经呼和浩特市近郊，于托克托县河口古镇注入黄河，干流长236千米，流域面积17673平方千米。流域内盆地面积5154平方千米，占流域面积的29%，土地平坦、肥沃，渠系纵横，北部就是大青山，约占流域面积的54%，其余为黄土丘陵区。小黑河是大黑河的主要分支，发源地有2处，一为武川县黄花窝铺村西南，经大豆铺乡卯独庆村进入呼和浩特市的哈

呼和浩特市新城区坡根底秦汉长城遗址（摄影　宋和平）

拉沁沟，经毫沁营、如意河、西把栅、讨号板南营子，在洪津桥北汇入大黑河，长93千米；主要支流有乌素图沟、坝口子沟、水磨沟3条季节性河流。另一发源地是东郊西把栅地区大厂库伦的泉水。

第三节

鄂尔多斯　长城左右开弓向黄河

鄂尔多斯高原四面八方始终与长城结缘，同时也离不开黄河，自古呈现"黄河离不开，长城紧相连"的态势。

鄂尔多斯市位于黄河"几字弯"腹地，三面黄河环抱，境内黄河流经728千米，占黄河全长的1/8，占黄河内蒙古段的4/5，为黄河流经全国第二长的地市，在整个黄河流域拥有承西启东、北开南联的重要地位。

鄂尔多斯市境内共有战国、秦、隋、宋、明5个时代的长城遗址，遗址总长228千米。战国秦长城由南向北分布于鄂尔多斯市伊金霍洛旗、准格尔旗、达拉特旗、东胜区，全长94千米。秦长城分布于鄂托克旗、达拉特旗，全长39千米。隋长城分布于鄂托克前旗，全长12千米。北宋长城分布在准格尔旗，共有20余座烽火台和3座古城。明长城分布于鄂托克前旗、准格尔旗、鄂托克旗，全长83千米。鄂尔多斯地区是内蒙古乃至全国长城历经时代最多、分布最广的地区之一。

鄂尔多斯地区的文化既有大河奔涌，又有青铜璀璨，更有长城巍峨。

悠久灿烂、多元融合的鄂尔多斯地域文化，赋予了鄂尔多斯壮丽秀美的自然

准格尔旗竹里台段明长城（摄影 宋和平）

景观和魅力多彩的民族风情，黄河大峡谷、库布其沙漠雄奇壮美，形成了独特的自然风光。

长城串联着的"十大孔兑"（河沟）也是黄河的支流，丰富了黄河水，也难免带去金色的泥沙。鄂尔多斯境内毛乌素沙地和库布其沙漠也是长城钟情、黄河喜爱的大沙漠，目前正在披上绿装，治理率分别达到70%和30%，森林覆盖率达27%，植被覆盖度稳定在70%以上。

第四节

巴彦淖尔　千里长城怀抱黄河最北端

> 塞外江南，长城胜地。
> 草原水城，黄河脊梁。

巴彦淖尔市自古呈现"天下黄河富河套"的壮丽景观，黄河流经巴彦淖尔市345千米，素有"黄河北，阴山南，八百里河套米粮川，渠道交错密如网，阡陌纵横似江南"之称。这里是黄河"几字弯"最北端，很像"黄河脊梁"。

巴彦淖尔市境内有3条黄河：如今的黄河、历史上的北河（乌加河）和人工挖的"二黄河"。"后套一带黄河自古分为二支。清以前北支为主流，后河势开始变化，至同治、光绪年间北支淤断，南支成为主流。后人称北支为乌加河。清末贻谷派人测量乌加河，绘制图幅，称此处'地极洼下，众流所归，俗名为乌梁素海'。""二黄河"是中华人民共和国成立后，人们挖出来的水利灌溉工程。

巴彦淖尔市境内有战国赵长城、秦长城、汉长城、汉外长城南北两线共4条长城，绵延1007千米，占到内蒙古长城总长度的1/7，被学界誉为"长城博物

第三章　长城围着黄河转

阴山赵北长城终点——巴彦淖尔市乌拉特后旗高阙塞遗址（摄影　宋和平）

高阙塞遗址（摄影　宋和平）

长城拥抱黄河

馆",现存大量的关隘、城堡、墩台、烽燧、烽火台等配套设施,还有高阙塞、鸡鹿塞、增隆昌古城、新忽热古城等故址。

这些长城遗址、古城遗址都围绕在黄河的北边,更与黄河故道乌加河同呼吸、共命运。"乌加河"蒙古语为"乌兰加令",后转称为乌加河,汉语意为"红色的老黄河",或"河的一端",或"尖河"。

内蒙古长城的长度为全国第一,而巴彦淖尔又是内蒙古长城遗址保存最多、里程最长的地市。

黄河的最北端就在巴彦淖尔市五原县。巴彦淖尔市的乌梁素海是黄河流域最大的淡水湖。

河套大地,阴山南北,大漠纵横,山、水、林、田、湖、草、沙和谐共鸣曲在河套平原奏出了动人的乐章。

第五节

包头　水旱码头望长城

包头市是与赵长城一起成长起来的古城，麻池古城遗址拥有2300多年的历史，秦始皇设立的九原郡和修筑的秦直道终点就在黄河北岸。后来包头成为"走西口"名城、旅蒙商名城、黄河水旱码头。1923年，平绥铁路通至包头市，黄河码头逐渐退出历史舞台。中华人民共和国成立后，包头市一度成为内蒙古最大的工业城市。

黄河改道前，包头市的长城就在黄河北边的山头上，站在包头市的长城上可以看到水旱码头的牛皮筏子和晋商驼队。

黄河在包头市境内总长220千米，形成了丰富的湿地资源。

包头市拥有5个时代（战国赵、秦、汉、北魏、金）6条长城遗址，长度340余千米，主要为战国赵北长城、固阳秦长城、汉外长城南线和北线、北魏六镇长城南线和北线、金界壕主线和漠南线、当路塞等长城的墙体、烽火台（烽燧）、城堡（障城、边堡、戍堡）、马面、铺房以及与长城相关的其他遗址。包头市的长城分布在阴山南、阴山北地带，其中，土默特右旗大青山前坡的赵长城距离黄

长城拥抱黄河

包头市土默特右旗,昔日黄河渡口,今日黄河浮桥(摄影 宋和平)

包头黄河湿地文化公园雕塑(摄影 宋和平)

河很近。

包头市是历史上著名的黄河古渡口，如今是"世界稀土之都""草原钢城"。它北靠大青山、南临黄河，依山傍水，是典型的滨河城市，拥有全国最大的严寒高纬度国家湿地公园——包头黄河湿地文化公园。包头黄河湿地文化公园自西向东由昭君岛、小白河、南海湖、共中海和敕勒川5个片区组成，总面积122.22平方千米[1]。

---

[1] 数据来源：包头市林业和草原局网站。

第六节

乌海　先有长城后建"水城"

秦长城、明烽火台、唐驿站,是她的脚印。

乌海湖、甘德尔山、龙游湾湿地,是她的梦境。

乌海,长城就在黄河边,黄河滋润长城谣。

乌海是一座年轻的城市,由于拥有乌海湖,成为出身不凡的"大漠水城"。

乌海的地理位置十分独特,黄河穿市而过长达105千米,这里汇集了河流、山川、大漠、草原、湿地等地貌,一城尽揽塞外风,一河滋润万物兴。乌海市地处三大沙漠(沙地)交汇处,近年来有"乌金墨韵,海纳百川"之称。

乌海,这个黄河进入内蒙古的第一站,有六大名片熠熠生辉:黄河明珠、乌金之海、书法之城、沙漠绿洲、葡萄之乡、赏石之城。

乌海长城属于历史上宁夏镇管领的长城,在今内蒙古与宁夏交界地带共有3段,分别位于鄂尔多斯市鄂托克前旗南部、乌海市巴音陶亥镇、银川市与阿拉善左旗交界地,遗址超过70千米。

乌海因煤矿而生，但是，生态味道浓烈，呈现"大漠水城"景观。乌海市位于黄河"几字弯"顶端西部。1958年，因为乌金煤矿的发现，走进荒漠的开拓者唤醒了这片沉睡的土地。1976年，经国务院批准，原乌达和海勃湾2个县级市合并成立乌海市，辖海勃湾、乌达、海南3个县级行政区。乌海市总面积2350平方千米（2013年数据），常住人口55.62万，常住人口城镇化率为96.38%。

这里有植物界的"大熊猫"——国家一级保护植物四合木，有新石器时代游牧民族留下的珍宝——桌子山岩画，有讲述沧桑历史的雄伟遗址——秦长城，有大漠深处飘出的酒香——葡萄酒庄园，有面积是杭州西湖18.5倍的乌海湖。

乌海依偎在黄河的臂弯，体现了黄河文化、长城文化后起之秀的风范。

黄河乌海湖大桥，连接海勃湾区、乌达区和阿拉善左旗（摄影　宋和平）

第七节

阿拉善 长城黄河齐听驼铃声

内蒙古面积最大的一个盟市就是阿拉善盟,面积达27万平方千米,不过,黄河流经阿拉善盟的路程较短。

黄河流经阿拉善盟有85千米,主要流经地是巴彦木仁苏木。"巴彦木仁"系蒙古语音译,汉语意为"富饶的江河",因地处黄河之滨,故而得名。

阿拉善盟是"中国骆驼之乡",双峰驼存栏数量达14万峰,占全国总量的1/3,占内蒙古总量的2/3,是全国和全区双峰驼存栏量最多的地区。

黄河第一次见到大沙漠就是从宁夏石嘴山市进入内蒙古阿拉善盟的时候。"阿拉善"是贺兰山的音译,汉语意为"五彩斑斓之地"。我们都知道诗句"大漠孤烟直,长河落日圆",阿拉善盟巴彦木仁苏木就是公认的大漠落日景致的最佳拍摄地点。

阿拉善盟明长城属于黄河流域。阿拉善左旗境内明代长城主要分布在南部巴润别立、嘉尔嘎勒赛汉两镇与宁夏青铜峡市交界之处。从贺兰山三关口(赤木关)向西南到达嘉尔嘎勒赛汉镇,总长150千米,包括墙体155段、敌台34座、烽火台36座、石刻1处、居住址1处。阿拉善左旗境内还有汉至西夏长城所属烽火台及城障180座,两段墙体共3.57千米,明代烽火台34座,明代二边长城44千米,是内蒙古自治区古长城资源较为丰富的地区之一。

阿拉善南靠贺兰山。贺兰山山体雄伟,沟壑纵横,遥望山脉宛如骏马。贺兰山主峰海拔3556米,是宁夏和内蒙古的最高点,就在阿拉善左旗与宁夏的交界处。

在崇山峻岭中,一条弯弯曲曲、忽隐忽现的土长城向远方逶迤而去,这便是内蒙古与宁夏交界处的三关口明长城。

历史上,宁夏镇管领的阿拉善长城就在银川市与阿拉善左旗交界的三关口,合计长约70千米,墙体均为土筑,沿线筑有墩台。

三关口段明长城、北岔口段明长城,修筑于明代成化和嘉靖年间,入选国家级长城重要点段名单。明长城三关口段位于永宁县三关口至闽宁镇的贺兰山山前

阿拉善左旗三关口长城(摄影 高晓梅)

台地上，墙体长度约20千米，土墙、壕堑类型多样，拥有烽燧、关堡、水洞等长城遗址。这段长城是明长城遗址宁夏贺兰山一线西长城的重要组成部分，也是该地区保存最完好的一段长城，高大的夯筑墙体气势恢宏，墙体顶部两侧的女墙保存较为完整。

三关口是宁夏与内蒙古阿拉善左旗的交界地，银川市至巴彦浩特市的公路穿关而过。三关即从东向西设头道卡、二道卡和三道卡，后人称之为三道关。这里山脉蜿蜒曲折，地形雄奇险峻。

据史书记载，明嘉靖十年（1531年）修筑了南起大坝堡，北连三关口，长达80千米的长城，后被风沙填平。明嘉靖十九年（1540年），宁夏巡抚杨守礼重新修葺了旧边墙，增筑了三关口以北的长城。头道关关墙南北与长城连接，此地山势开阔，是"缓口可容百马"之处。北侧城墙沿山脊向北延伸，墙体以石块垒砌，城墙每段拐弯处各有墩台1座，墙、墩台已残损，仅留部分基址。头道关向东南延伸的长城至今保存较为完整，墙体高约7米，基宽6.5米，顶宽3.5米，墙顶两侧筑有女墙。

三关口一带绵延纵横的长城与墩台、烽火台左右连属，西控大漠咽喉要道之险。

贺兰山下大漠边，阿拉善长城听惯了驼铃声，守护着草原、守护着黄河。

第八节

乌兰察布　大墙护着水源地

北京向西一步，就是乌兰察布。

长城从河北省、山西省进入内蒙古，第一站就是乌兰察布市，这里是蒙晋冀长城"金三角"地区，即乌兰察布市、大同市、张家口市。

乌兰察布市古长城遗址中，修建年代最早的也是赵长城。之后，秦、汉、北魏、金、明等多个朝代的长城途经乌兰察布市。

以北魏长城为例，据《魏书·太宗纪》记载，泰常八年（423年），北魏"筑长城于长川之南，起自赤城西至五原，延袤二千余里"。横穿乌兰察布市境内，呈月牙形走向，蜿蜒向西，从河北省康保来到内蒙古商都，贯穿察右后旗、察右中旗和四子王旗。

乌兰察布市境内连接最长的一段秦长城，途经乌兰察布市商都县、化德县，东出锡林郭勒盟正蓝旗、多伦县，连接了赵、燕、魏等长城旧址。在丰镇县隆盛庄和凉城县境内还发现了汉代长城遗物。金长城呈东西走向，从河北省康保县进入乌兰察布境，经化德县，入商都县，西北转察右后旗，再入四子王旗，从西南入包头市达茂旗。明长城由北京八达岭、河北张家口进入乌兰察布市兴和县，过丰镇、走凉城，然后进入呼和浩特市和林格尔县、清水河县。明长城跨越了乌兰察布境内的3个县市，全长约500千米，也是途经乌兰察布市修筑长城工程量最大的工程。

黄河虽然没有直接流经乌兰察布市，但是，这里是黄河一级支流大黑河的源头，也是北京永定河的源头之一。途经乌兰察布市的长城都在守护着这个水源地。

乌兰察布市是因为养育了黄河一级支流大黑河而进入黄河"几字弯"阵营的，号称生态草原城市，境内的岱海靠黄河应急补水。

黄河一级支流大黑河的源头（摄影　宋和平）

第四章

黄河变绿迎长城

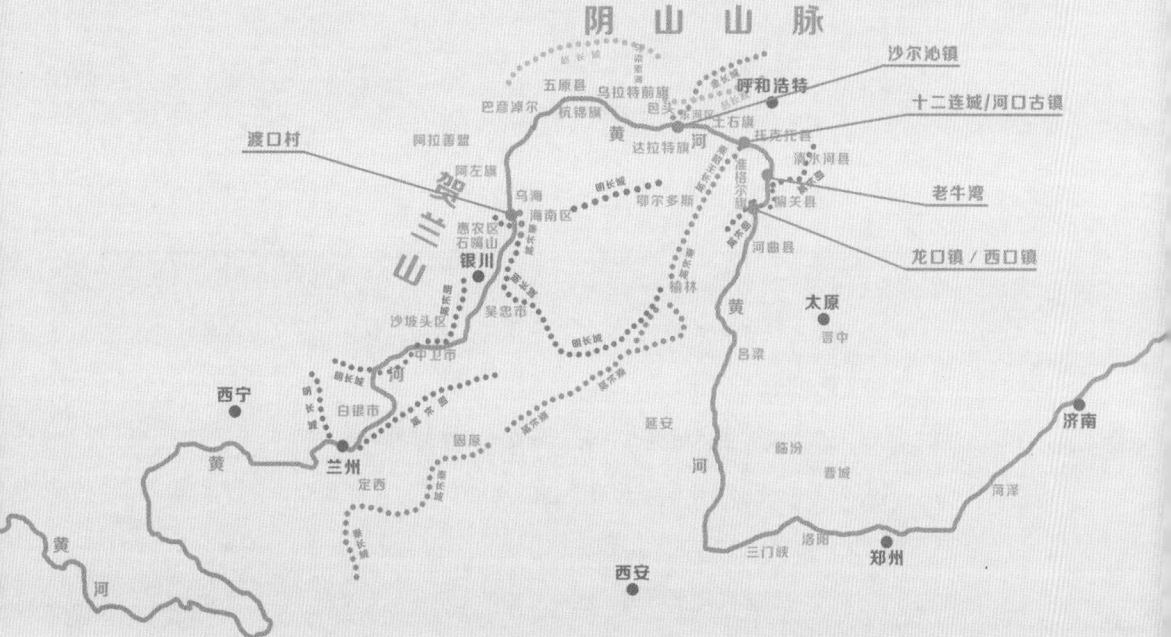

- 终于见到黄河"澄清"时
- 植绿增蓝,染绿黄河水
- 长城与黄河缘何受到沙尘暴的"冷落"
- 蒙晋大水库,沉淀小泥沙
- 冬春时节看冰凌

长城在蒙晋陕接壤处，两次拥抱黄河，两处的黄河水每年大多数时节都是绿色的。

人们常说，泥沙的颜色、黄土的颜色是黄河的主色。

只要来到老牛湾国家地质公园、准格尔黄河大峡谷看一看、坐坐船，这一固有观念一定会发生改变。

在老牛湾国家地质公园、准格尔黄河大峡谷到万家寨水库、龙口水库这一线，黄河之水、黄河之浪，一年四季大部分时间是绿色的。在这里相对安静、温顺的黄河，不再是波涛汹涌的面孔，而是碧波荡漾的祥和。

黄河变绿迎长城，亲切拥抱九边镇。明代长城有九边重镇，分别是辽东镇、蓟州镇、宣府镇、大同镇、太原镇、榆林镇、宁夏镇、固原镇和甘肃镇，拥抱黄河的明长城属于太原镇、榆林镇。

第一节

终于见到黄河"澄清"时

长城巍峨到塞上,绿水青山带笑颜。

长城见证,碧绿也是黄河的本色。

民间说法,黄河"澄清"一次,需要一个甲子,即60年,正好是"三十年河东,三十年河西"的一个轮回。而汉朝《拾遗记》中有"黄河千年一清"之说,可谓"千年等一回"。

如今,只要前往老牛湾、准格尔黄河大峡谷一带,每年都可以看到澄清的黄河。笔者小时候生活在黄河边,可以看到黄河里的鲤鱼在游泳,往往会情不自禁脱了衣服下河抓鱼。

"澄清",意为"使杂质沉淀,液体变清"。黄河澄清就是"使泥沙沉淀,黄河水变清",意义切中要害。

2000多年来,黄河局部澄清只有20多天,引起古人的好奇与重视。"据地质史专家李鄂荣考证,历史记载可查的'黄河清'共有43次,最长的一次为1727

长城拥抱黄河

年，黄河澄清2000余里，持续20多天。21世纪以来的'黄河清'持续时间之长远超记载，史所罕见。"[1]

在清水河县老牛湾、准格尔黄河大峡谷见到黄河澄清时，不能忘记上游的达拉特旗、杭锦旗、准格尔旗与河套地区巴彦淖尔市、包头市联手治理库布其沙漠、乌兰布和沙漠付出的辛勤汗水，也不能忘记呼和浩特市黄河流域生态治理的

[1] 林嵬，丁铭，张军. 大河"清流"［N］. 瞭望，2017-09-25.

第四章 黄河变绿迎长城

准格尔黄河大峡谷——黄河变绿的地方（摄影 赵刚）

成果。

黄河"几字弯"穿行于阴山南麓、河套平原与鄂尔多斯高原之间，穿行于乌兰布和沙漠、库布其沙漠和黄土高原地带，贺兰山在西陲仰望，是黄河上游径流长度最长、流域面积最广的干旱风沙区。

南岸鄂尔多斯台地北部分布着"十大孔兑"，由南向北汇入黄河的10条相邻的黄河小支流，流域面积约1万平方千米，水土流失面积约8000平方千米，横跨

113

达拉特旗、杭锦旗与准格尔旗。多年来，内蒙古高度重视"十大孔兑"的综合治理。据统计，历史上"十大孔兑"每年向黄河输沙达1亿吨，近几年，"十大孔兑"每年向黄河输沙减少为2000多万吨。

"十大孔兑"是库布其沙漠中的地理奇观。库布其沙漠作为中国第七大沙漠，如一条黄色巨龙横卧在鄂尔多斯高原北部，横跨杭锦旗、达拉特旗、准格尔旗。如今，库布其沙漠已经有1/3的面积披上了绿装，成为世界上迄今为止唯一被整体治理的沙漠，并成为全球沙漠治理的优秀案例。

为了"黄河绿"，清水河县植绿了全域的沟沟岔岔，每一眼窑洞都在草丛树林中。黄河、浑河、清水河、古力畔几河流经清水河县段的两岸，能变绿之处几乎都变成了绿色，不会给黄河输入过多的泥沙。浑河国家湿地公园、贾浪沟、石峡口、八龙湾都是黄河支流上青山绿水的好风景，成为"绿色清水河"的碧绿符号。在绿色田园中采摘瓜果，时时悠然恬静；树丛中看窑洞，处处世外桃源。黄河岸边的海红果更是别有一番滋味。

沙漠披绿，山坡储绿，沟岔翠绿，黄河增绿。这是黄河泥沙减少的原因之一。

笔者多次乘船横穿大峡谷，感受"黄河小三峡"的碧波荡漾。绿水飞溅着人们对"绿水青山就是金山银山"的美好追求和向往。

第二节

植绿增蓝，染绿黄河水

> 蓝天白云，清水绿岸，万物勃发，
> 植绿增蓝，染绿黄河水。

历史上，治理黄河水患基本停留在"清淤疏浚，加固河堤"上。如今，我们从"一河之治"向"流域之治"转变，抓住泥沙治理这一关键，经过人工干预，让荒漠变绿洲，让荒山变绿岭，让荒坡变绿滩，彻底改变"山是和尚头，有沟没水流，下雨随意流，干旱风沙流"的状态。

阴山山脉是黄河"几字弯"的重要水源地，阴山陪伴着草原、森林、湿地、沙漠、湖泊等各类生态系统。近年来，内蒙古协同构建山、水、林、田、湖、草、沙综合生态安全屏障，为黄河减少泥沙的输入，让黄河两岸绿起来、美起来，让长城身边的荒漠、戈壁、荒滩向绿看齐。

如今，内蒙古有两道长城，一道是古人历尽千辛万苦修筑的万里长城，另一道是内蒙古各族儿女用辛勤和汗水打造的祖国北疆绿色长城。

准格尔黄河大峡谷游船码头水明如镜（摄影　宋和平）

历史上的万里长城与如今的绿色长城携手拥抱黄河。

内蒙古拥有天然草原面积13.2亿亩，占全国草原总面积的22%；森林面积3.92亿亩，森林覆盖率22.10%；湿地总面积9015.9万亩，占全国湿地面积的11.25%，居全国第3位；截至2014年底，全区荒漠化土地面积9.14亿亩，沙化土地总面积6.12亿亩。[1] 多年来，内蒙古"让广袤草原'带薪休假'，在兴安林海'挂斧停锯'，对重点沙漠'锁边治理'，累计营造林1.22亿亩、种草2.86亿亩，年均防沙治沙1200万亩以上，规模均居全国第一，全区草原植被盖度和森林覆盖率分别由40.3%和20.8%提高到45%和23%，荒漠化和沙化土地面积持续减

---

[1] 数据来源：内蒙古自治区林业和草原局网站。

绿色黄河（摄影 宋和平）

少，沙尘暴天数由每年4.9天减少到0.6天"。[1]

为了让黄河更清、天空更蓝，内蒙古将全区51%的土地面积划入生态保护红线，让10.2亿亩草原享受"带薪休假"，腾出足够的地理空间去增绿。

"内蒙古年均完成营造林1000万亩、种草3000万亩，均居全国第一；全区森林覆盖率达到23%，草原综合植被盖度达到45%，较2012年分别提高1.97和4.71个百分点，实现'双增长'；年均完成荒漠化和沙化土地治理面积1200万亩，占全国同期治理任务的40%以上，荒漠化和沙化土地实现'双减少'；'双增

---

[1] 刘晓冬．"中国这十年·内蒙古"主题新闻发布会实录［N］．内蒙古日报，2022-08-23（1）．

长城拥抱黄河

海勃湾水利枢纽大坝建成后的绿色乌海湖（摄影 宋和平）

长''双减少',这就是内蒙古。这是内蒙古大地上肆意流淌的青绿,是呼之欲出的蓬勃生机,是筑牢我国北方重要生态安全屏障交出的亮丽答卷。"[1]

以黄河两岸生态治理为例,"目前,黄河流域7个盟市草原综合植被盖度为28.98%,比2013年增长8.4个百分点,黄河流域内荒漠化土地比2009年减少527.7万亩,沙化土地比2009年减少429.6万亩,库布其沙漠治理模式被联合国确定为'全球沙漠生态经济示范区'"[2]。与此同时,内蒙古还通过实施黄河防洪以及重点支流治理等工程,累计建成堤防2697千米、水库170座,初步形成由水库、枢纽、堤防等组成的防洪工程体系。 如今,内蒙古7个沿黄河盟市共完成林业生态建设任务2319万亩,森林面积达1.11亿亩,草原综合植被盖度达到28.98%,沿黄河地区新增水土流失综合治理面积5.5万平方千米,草原综合植被盖度达到

---

[1] 霍晓庆. 绿意流淌,答卷亮丽[N]. 内蒙古日报,2022-04-29(2).

[2] 李振南. 唱好保护黄河生态大合唱[N]. 内蒙古日报,2019-11-05(1).

45%，比10年前提高了5个百分点。

人不负青山，青山定不负人；草原不负黄河，黄河定不负草原。植绿、增蓝，这是黄河水变绿的硬道理。

山河披锦绣，从草原到森林，从荒漠到河湖湿地，黄河两岸正在书写绿色传奇。

"有数据表明，2000年以来黄河泥沙含量锐减，出现变清态势。专家指出，生态建设工程、气候变化、水利工程、经济社会发展是导致黄河泥沙锐减的重要原因。"[1]

在黄河清水河段、准格尔段乘船穿越黄河，水流动静相宜，一方碧绿养育一方绿意空间。

过去，黄河两岸春季时踏青的去处并不多，如今各个盟市"花季旅游"已成为时尚，这就是黄河流域生态治理带来的变化。

有一篇名为《准格尔的山杏》的散文描述准格尔春天漫山遍野的杏树。"那杏花红的萼、绿的芽、白的瓣、黄的蕊，好像经了大自然画师的泼彩晕染，胭脂万点，五彩缤纷，花繁娇姿，占尽春风。"[2]文章中还写道，"如今，准格尔旗的梁峁山川已是一片郁郁葱葱，沟沟岔岔，到处是水坝鱼塘，山林里，珍禽飞鸟随处可见。山变绿了，水变清了，肆虐了多年的山洪终于消失了。"[3]

黄河变绿也得益于她一级支流的水质变化。大黑河是黄河的一级支流，因其流域土质黝黑而得名，两岸水草丰美、土质肥沃。大黑河流经呼和浩特市赛罕区、玉泉区、土左旗，于托克托县注入黄河。《水经注》记载，北魏时期称"荒干水"。《清史稿》记述："归化城北大青山，即阴山，古白道川。古芒干水，俗大黑河。"《古丰识略》中载其叫黑河，在城南二十里，蒙古语名为伊克土尔根，源出镶蓝旗察哈尔东北七十里海拉苏台坡，名喀拉乌素，即古白渠荒干水也。《汉书·地理志》载：定襄郡武进县"白渠水出塞外，西至沙陵入河。""沙陵"即今托克托县的河口村。《归绥县志》载《朔平府志》："在归

---

[1] 这里，是黄河与长城握手的地方[N]．内蒙古日报，2020-07-24（4）．

[2] 齐永平．准格尔的山杏[N]．内蒙古日报，2019-05-24（8）．

[3] 齐永平．准格尔的山杏[N]．内蒙古日报，2019-05-24（8）．

大黑河长河落日圆（摄影　王东麟）

化城东百余里，九十九泉经城南二十里为大黑河，至脱脱城西南伏流入黄河。"以上资料均在不同朝代记载了大黑河的起止根源。

多年来，围绕大黑河城区段流域，呼和浩特市全面启动了打造大黑河郊野公园工程，与北部大青山前坡生态带共同构成首府"南北双百"平方千米重要生态安全屏障。

大黑河郊野公园规划总面积为138平方千米，东起东二环南路大黑河军事主题公园，西至S103省道，东西长约27千米。如今，大黑河两岸姹紫嫣红的花草与碧波荡漾的湖面交相辉映，色彩斑斓的郊野花带，宛如一条曼妙飘逸的彩色哈达，为大黑河增添了色彩。千岛湖段位于大黑河玉泉段下游，总长约6.2千米，总面积约4170亩，是大黑河全段自然景观最具特色的地方。

黄河一级支流流域的系统治理，既对接城区又连接乡野，实现了让大黑河碧波荡漾的目标。

第三节

长城与黄河缘何受到沙尘暴的"冷落"

想当年,能够轻松跨长城、越黄河,"嗓门最大"的"新闻发言人"就是沙尘暴了。

近年来,沙尘暴少了,黄河变绿了。黄河变绿了,沙尘暴就更少了。

沙尘暴源自沙漠、沙地,近年来赫赫有名的沙漠、沙地被"锁喉""锁边"和"瘦身",大量的沙丘被"戴上口罩",大量的沙地穿上了"绿色防护服"。

内蒙古自治区分布有巴丹吉林、腾格里、乌兰布和、巴音温都尔和库布其五大沙漠,总土地面积17114.10万亩,沙化土地16413.15万亩;分布有呼伦贝尔、科尔沁、乌珠穆沁、浑善达克和毛乌素五大沙地,总土地面积20952.30万亩,沙化土地面积16269.45万亩。[1]

黄河从青藏高原一路奔向大海,走出巍峨大山、雪域高原之后,来到大沙漠、大平原和黄土高原地带,遭遇了沙尘暴。

长城从大海边一路追寻黄河的足迹,从肥沃的东北平原、华北平原走向大草

---

[1] 数据来源:内蒙古自治区林业和草原局网站。

原、大戈壁，从郁郁葱葱的燕山山脉来到草木稀疏的阴山山脉，遭遇了大戈壁和沙尘暴。

沙尘暴形成的主要条件是有利于产生大风或强风的天气形势，有利的沙、尘源分布和有利的空气不稳定条件。强风是沙尘暴产生的动力，沙、尘源是沙尘暴的物质基础，不稳定的热力条件有利于风力加大和强对流发展，从而夹带更多的沙尘并卷扬得更高。干旱少雨、气温偏高是沙尘天气形成的气候背景。

土壤风蚀是沙尘暴发生发展的首要环节，避免了土壤风蚀也就不怕强风了。

恢复植被、保护环境，强化人工干预气候条件，并加强生物防护体系，固定土壤，降低风速，增加空气湿度，改善小气候环境，就能减少沙尘暴的危害。

作为水资源严重短缺地区，内蒙古交上了筑牢我国北方重要生态安全屏障的

神泉生态旅游景区中，黄河与沙漠的友好相遇（摄影　宋和平）

第四章　黄河变绿迎长城

库布其沙漠一景（摄影　蔺镇君）

答卷。

多年来，内蒙古坚持对重点沙漠进行锁边治理，年均防沙治沙1200万亩以上，规模居全国第一。全区荒漠化土地和沙化土地面积双减少，绿色抢了金色沙漠的镜头。

"水清岸绿，人水和谐"一直是内蒙古"治水"的追求。"有效阻止了库布其沙漠、乌兰布和沙漠的蔓延和侵袭，大幅度减少泥沙入黄，生态'锁边'作用显现"；"全面推行河湖长制以来，内蒙古共1.64万名河湖长上岗履职，全面形成了覆盖自治区、盟市、旗县、乡镇苏木及嘎查村的五级河湖长制管理体系"；"河湖长的责任大，为了水清岸绿景美，我们要像守护母亲一样守护家乡的河流"。[1]

如今,长城和黄河是幸福的,它们受到沙尘暴的"冷落",迎来了满眼绿色。

---

[1] 李建国. 草原绿水长流,书写壮美答卷[N]. 中国水利报,2022-10-19.

第四节

蒙晋大水库，沉淀小泥沙

合理调剂和分散泥沙需要大手笔。

长城守望大水库，黄河变绿有此物。

肥沃的河套平原、华北平原得益于黄河泥沙百万年的沉积缔造，沃野千里的华北平原自古以来就是黄河冲积扇平原。泥沙是内蒙古的宝贵资源，千百年来，华北平原改善土壤，离不开来自上游和中游的泥沙。但泥沙过量，也造成了地上悬河和黄河改道。如何合理调剂泥沙，成为当代人需要研究的课题。

内蒙古黄河流域处于半干旱、干旱和极端干旱地区，常年降水量少、蒸发量大，人均水资源量仅为900立方米，不到全国平均水平的1/2，是全国荒漠化和沙化土地最为集中、黄河流域水资源最为紧缺的地区之一。其流域尚有6万平方千米水土流失面积，鄂尔多斯市"十大孔兑"流域面积仅占黄河流域的1/72，但每年输沙近2000万吨，占入黄河泥沙总量的1/10。

万家寨水库在黄河变绿的过程中立下了汗马功劳。

长城拥抱黄河

在清水河县老牛湾、准格尔黄河大峡谷的蓝天白云下，在欣赏黄河碧水清波之时，能否想到一个事实——万家寨水库让许多泥沙沉淀下来，为黄河的浪涛变为绿波贡献了力量。

乘船从清水河县城湾码头或准格尔旗薛家湾城坡码头沿河向南行进，两岸绝壁陡峭，刀劈斧凿，听蒙古族长调、长城谣、漫瀚调，览高原情、长城风，忆"走西口"老码头、新栈道，看石寨、石墙、古戏台，浪涛绿意荡漾，观者心潮澎湃。

万家寨水库、龙口水库根据季节合理蓄水、放水，改变黄河水的流速和泥沙的沉淀量，在平水期和枯水期，黄河水量会相对平缓，黄河水流速度放慢，运沙

准格尔旗—河曲县龙口水电站（摄影　宋和平）

能力减弱，水中泥沙减少并沉淀，就会产生黄河澄清现象。

数据显示，万家寨水库建成后，黄河的泥沙被大大拦截并合理冲走，黄河的输沙量减少了大约50%。冲走的泥沙被用在治理河岸、堆积淤泥坝、城市建设、修筑公路等工程上，真正做到了物尽其用。

万家寨水库全名叫万家寨水利枢纽工程。该工程位于黄河北干流托克托至龙口河段峡谷内，主体工程于1998年建成，是黄河中游规划开发的8个梯级中的第一个工程，也是山西引黄入晋工程的起点，左岸隶属山西省偏关县，右岸隶属内蒙古自治区准格尔旗，水库坝址控制蒙晋流域面积39.5万平方千米，水库总库容8.96亿立方米，调节库容4.45亿立方米，拦沙库容为4.51亿立方米。自1999年运

万家寨水库准格尔旗大坝附近（摄影　宋和平）

行以来，万家寨水库累计排沙总量达到6.4亿吨。万家寨水库的最高蓄水水位为980米，实际运行水位一般在966~978米。库边设置了灌草护坡带，播撒草籽，栽种灌木，加强了水土保持能力。万家寨水库还与几十千米之外的龙口水库联合冲沙。以2021年夏季为例，万家寨水库出库沙量5138万吨，龙口水库出库沙量5634万吨。万家寨水库采取蓄清排浑的方式排沙，为黄河变绿贡献了力量。

据监测，进入黄河的泥沙量从70年前的16亿吨/年骤降至目前的2亿吨/年。

绿色黄河的故事是由内蒙古和山西人民共同缔造的。两省区人民一道，在黄河进入中游的第一个100千米河道两侧进行绿化，过去的荒山秃岭如今已长满了绿树，过去的乱石滩变成了美丽的绿草坪，黄河东岸黄土高原绿树成荫、山野披绿，大地吐翠，万家寨水库附近更是花团锦簇、松柏常青。据统计，1999年黄土高原的绿化面积仅为31.6%，2019年提高到了63.6%，20年增长了一倍。黄河的水质越来越清，绿水青山正在逐渐成为现实。

《山清水秀，三晋自有风光无限》一文中称赞："奔腾不息的大河浪涛见证了岁月的变迁，见证着未来的发展。黄河之魂在山西，几千年来山西享黄河之利、沐黄河之惠、保黄河之畅、护黄河之美，黄河成为造福山西人民的幸福之河。"[1]

多年来，山西省全面"绿化黄河岸、治理黄河容"，在黄河文化保护传承过程中，为黄河注入了绿色故事。黄河山西段绿色发展的底色不断擦亮。

---

[1] 山清水秀，三晋自有风光无限［N/OL］．2022-10-02．

第五节

冬春时节看冰凌

冬日黄河是白色的，变成了一条"银色哈达"，献给万里长城。

每年冬季大雪时节，黄河"几字弯"进入凌汛期，首先会出现流凌，黄河两岸也由此进入防凌期。

看冰凌，是内蒙古冬季850千米黄河西岸的最美风景。

黄河凌汛蔚为壮观，如果在神泉生态旅游区坐缆车观流凌，那将是难得一见的景观。大大小小的冰块顺着黄河波浪拼命地向前奔腾，就像万匹野马脱缰，随着河水急速流淌。冰凌相互碰撞，犹如在合唱"风在吼、马在叫"，演绎一曲震撼人心的《黄河大合唱》。

战冰凌，是内蒙古黄河儿女的一大使命。

与黄河有关的冰雪概念颇为多见，有凌、流凌、凌汛等。我们不妨从《辞海》中寻找精准的解释。

　　"凌即冰，孟郊《寒江吟》：'涉江莫涉凌'。"[1]

　　"流凌，又叫流冰、淌冰，冰块漂浮于河面随水流动的现象。分冬季流冰和春季流冰两种。"[2]

　　"凌汛，冰凌堵塞河道形成冰坝壅水引起水流骤涨的现象。由结冰河道上游解冻早于下游，或某种动力、热力原因所致。中国黄河及其以北河流多有凌汛出

---

[1]　上海辞书出版社. 辞海（第七版彩图本）[M]. 上海：上海辞书出版社，2020：2715.

[2]　上海辞书出版社. 辞海（第七版彩图本）[M]. 上海：上海辞书出版社，2020：2742.

清水河县—准格尔旗段黄河流凌时期的景象（摄影　宋和平）

现。一般发生在2月下旬，因纬度不同各地略有差异。"[1]

凌汛期间，受强冷空气影响，黄河冰块、冰层会对河水流动产生阻碍，弯曲狭窄的河段会出现冰凌堆积堵塞的情况，冰坝、冰墙、冰堆、冰盖、冰流等会形成移动的冰带。

黄河宁夏到内蒙古河段为南北走向、东西走向交叉，河水从低纬度地区流向高纬度地区，入冬封河时，下游先结冰，上游后结冰，下游冰厚、上游冰薄。于是，裹挟流冰的河水遇到下游厚实的冰层、冰块的阻塞，水位被抬高，冰水变成洪水，产生凌汛现象。春季融冰开河时，上游比下游先融冰，也会发生凌汛的情

---

[1]　上海辞书出版社. 辞海（第七版彩图本）[M]. 上海：上海辞书出版社，2020：2716.

长城拥抱黄河

冬日夕阳下,托县—准格尔黄河大桥下"冰与水"的美丽风景(摄影 宋和平)

况。

遇到凌汛,当河流流量大、流速快、水位高时,冰盖前缘的冰花容易被卷入水下,形成冰塞,有时需要将其炸开疏导洪水。

流凌也称流冰花,气温刚刚下降,河水结成大大小小的冰花,在河面上由小而大逐渐聚集在一起流动,初期"远观如棉絮、近观似莲叶",但冰花景观持续时间不长就会进入流冰期。

流凌可以分为冬季结冰流凌和开春解冻流凌,流凌初期是冰花和冰淞,接着就是碎冰块、大冰块、大冰排,以排山倒海的气势而来。

凌汛是大自然的安排,是黄河百万年的命运选择,是不可抗拒的。

尊重自然、顺应自然、保护自然,才能得到大自然的尊重和厚爱。

第四章　黄河变绿迎长城

冬日老牛湾（摄影　诺敏·何）

河面结冰期间，整个河道如一条晃动的白色缎带向下游浩浩荡荡蜿蜒而去，周围冰冻的河面上也有静止不动的冰凌花像一片片荷叶铺在河面上，无论从何处看，都甚为壮观。

流凌之后，每年冬至至元旦左右，内蒙古的黄河就会全面封河，800多千米的冰带就像一夜之间修筑好的银色高速公路，弯弯曲曲漂荡在长城的怀抱中，气势磅礴。

如果听声音，流凌期间，黄河里亿万个冰块相互撞击，惊天动地，好似开了一场"打击乐音乐会"。

水是生存之本、文明之源，冰是水坚强性格的体现。冬日的黄河岸线，白色堤岸包围着绿色波澜，绿色冰纹簇拥着白色堤岸，黄河之冰像围棋的棋盘，呈现

长城拥抱黄河

网格状,细细密密,十分精美。

经常到访黄河的人,如果在每天不同的时间看黄河,会欣赏到母亲河呈现的不同颜色,感受到多姿多彩的婀娜。

亲近黄河是一种幸福,每天朝霞或晚霞时分,岸线周围的垂柳、杨树与波浪展现的颜色是不一样的。岸线上芦苇草、羊草、格桑花、山丹花与夕阳绘制的图案也是七彩的。

如果是春天,站在准格尔旗的圪梁上,望一眼绿色黄河,摘一把山杏,酸酸甜甜的高原情怀,彰显天地间。

如果是秋季,站在清水河县的山坡上,远望绿色黄河,采摘几颗海红果,也是别有一番滋味。

黄河是太阳的调色板,长城拿着画笔绘出七彩风景,滋润了所有人的心。

《全唐诗》中,喜欢"苦涩诗风"的福州诗人周朴所作的《塞上曲》,描述了黄河凌汛时期的塞外景色:

> 一阵风来一阵沙,
> 有人行处没人家。
> 黄河九曲冰先合,
> 紫塞三春不见花。

待到春回大地、冰河解冻、候鸟北归时,绿色黄河迎亲朋。

第五章

长城偏爱黄河"几字弯"

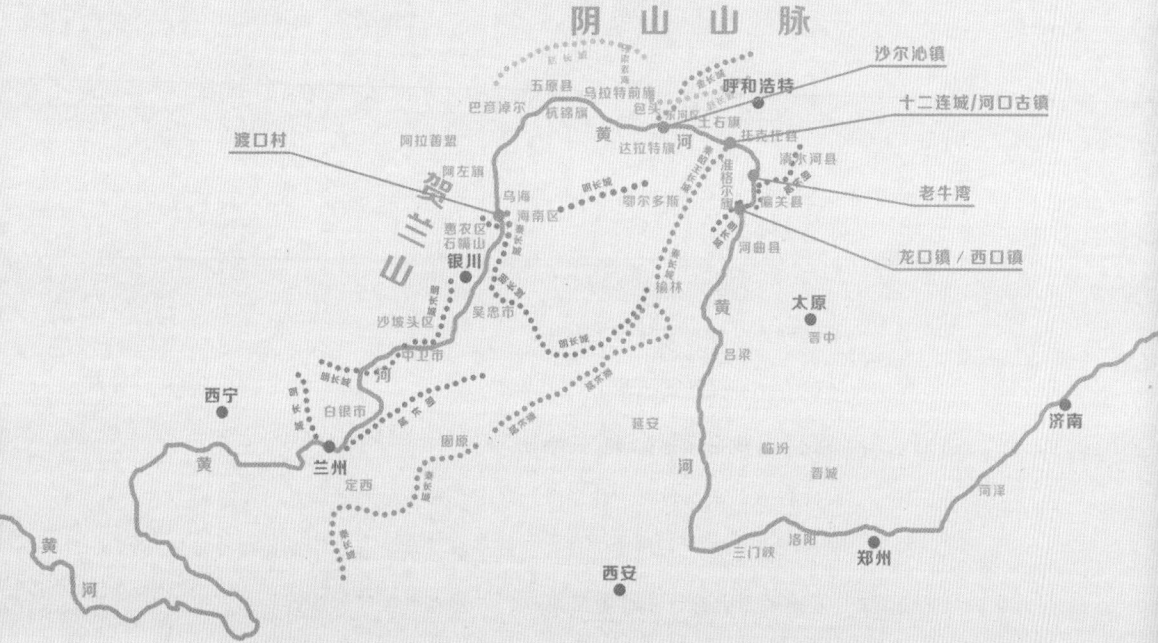

- 黄河最北在五原
- 分水高岭贺兰山
- 民族融合最前沿
- 河套要地环河转
- 农牧地理分界线
- 国家"能源之湾"

黄河有情，万里穿越中华大地。

长城有情，深情拥抱黄河"几字弯"。

为什么长城要拥抱黄河"几字弯"？

因为自古以来，黄河"几字弯"就是兵家必争之地。

黄河"几字弯"是指黄河流经的蒙、晋、陕、甘、宁的地理接壤地区，也就是甘肃北部、宁夏黄河两岸、内蒙古中西部、陕西北部、山西西北部地区，这5个省区与贺兰山、阴山、吕梁山所形成的"几字弯"环抱地带。在"几字弯"里形成的黄河"几字弯"都市圈，由银川、呼和浩特、太原3个省会城市为核心，包括蒙、晋、陕、甘、宁5个小区的20个市（盟）组成，总面积55万平方千米，辖164个县（区），人口超过4000万人。

第一节

黄河最北在五原

黄河遭遇阴山阻挡后向东而去。阴山山脉自东向西绵延上千千米,东与冀北山地衔接,西与贺兰山、北大山、马鬃山相通,是黄河流域与内陆河、海滦河流域的分水岭。

黄河的中间在2732千米处,也就是在鄂尔多斯的杭锦旗、巴彦淖尔市临河区、磴口县一带,正是黄河"几字弯"的范围。

目前,黄河的最北端在巴彦淖尔市五原县巴彦套海镇,1850年以前,黄河最北端在阴山脚下、后套平原的乌加河,后南迁形成"黄河百害,唯富一套"的河套平原,与库布其沙漠隔河相望。

五原县位于内蒙古西部,地处内蒙古河套平原腹地,是"八百里河套米粮川"的核心地带,县域总面积2503平方千米,地理坐标为东经107°35′70″~108°37′50″,北纬40°46′30″~41°16′45″。

这里是黄河最北端,也是历史悠久的古郡。五原有可考历史2400多年,战国时属赵国九原郡西部地,汉武帝元朔二年(公元前127年)设五原郡。

长城拥抱黄河

巴彦淖尔市五原县矗立的黄河至北标志塔，注视黄河东流去（摄影　诺敏·何）

黄河至北标志塔（摄影　宋和平）

五原县是黄河的杰作。黄河冲积层在长期风蚀作用下形成许多风蚀洼地和黄河改道时冲刷的天然壕沟。这些洼地与壕沟常年积水，形成100多个大小不同的海子（即湖泊）。一百多年前，被誉为"河神"的王同春在此修渠治水，垦荒置田，首开河套大规模发展农业之先河。

　　五原县境内地势平坦，气候宜人，物产丰富，是全国著名的商品粮生产基地，被誉为河套雪花粉之乡、中国肉羊（巴美）之乡、葵花之乡、瓜菜番茄之乡，素有"塞外江南""河套粮仓"之美誉。

☑ 阅读导览
☑ 了解长城
☑ 领略风光
☑ 探索发现

微信扫码

第二节

分水高岭贺兰山

黄河进入"几字弯"后，见到的第一座大山就是贺兰山，见到的第一个大沙漠就是乌兰布和沙漠，巧合的是，这两个地理单元的名字都是蒙古语音译。《晋书·四夷列传》记载，在匈奴的众多部落里，有一个叫"贺赖"的部落。后来的学者考证，"兰"是"赖"的转音。到隋代，贺兰山的名字确定。唐朝李吉甫所著《元和郡县志》对"贺兰"做了这样的解释："山有树林青白，望如驳马，北人呼驳为贺兰。""贺兰"汉语意为"像青白色的马"。"乌兰布和"是蒙古语，汉语意为"红色公牛"，是个很霸气的名字。

贺兰山脉位于宁夏与内蒙古交界处，北起巴彦敖包，南至毛土坑敖包及青铜峡。山势雄伟，若群马奔腾。"贺兰山真的很神奇。地理学家指着中国地形图说，如果把南北走向的祁连山、贺兰山、吕梁山这三座山和东西走向的秦岭连在一起，就呈现出一个'山'字，贺兰山就是这个'山'字中间竖写的那一笔，这一笔，注定了贺兰山在中国内陆山形格局中的独特地位。贺兰山东麓的银川，则

第五章 长城偏爱黄河"几字弯"

贺兰山附近的阿拉善盟阿左旗赤木口明代烽火台（摄影　高晓梅）

被认为是中国大陆的地理中心。"[1]

贺兰山呈南北走向，山的周围有秦汉长城、明长城、西夏长城，向北连起了阴山，保卫黄河西岸一线的安全。

贺兰山是我国重要的分水岭——河流外流区与内流区的分水岭，也是季风气候和非季风气候的分界线。贺兰山以西的河流没有注入大海，往往外流他乡。贺兰山东边的河流大多注入了黄河，进入了大海。

贺兰山还是我国草原与荒漠的分界线，东部为半农半牧区，西部为牧区。

贺兰山南北长220千米，东西宽20～40千米。南段山势缓坦，三关口以北的北段山势较高，海拔2000～3000米，主峰敖包圪旦位于银川西北与阿拉善盟交界处，海拔3556米，是宁夏与内蒙古的最高峰。

---

[1] 陈育宁.那山，名叫贺兰[N].光明日报，2022-08-24（16）.

长城拥抱黄河

贺兰山对银川平原发展成为"塞北江南"起了重要作用。高山的阻挡，既削弱了西北高寒气流的东袭，阻止了潮湿的东南季风西进，又遏制了腾格里沙漠的东移，东西两侧的气候差异颇大。山体东侧巍峨壮观，峰峦重叠，峡谷险峻，向东俯瞰黄河河套和鄂尔多斯高原。山体西侧地势和缓，没入阿拉善高原。

"地质学家告诉我们，这座山经历了20多亿年地质的演变，从一片浩瀚大海中接受了巨厚的沉积，历代地层层层叠加、挤压、褶皱，最后在喜马拉雅运动的作用下，形成了今日的贺兰山。如今在山谷中随处可见山体上一道道紧挨着的褶皱，记录着那惊天动地的变化。"[1]

黄河与贺兰山在中国西部的相逢，绘制了山水连心、拱卫中华的壮丽图画。

- 阅读导览
- 了解长城
- 领略风光
- 探索发现

---

[1] 陈育宁. 那山，名叫贺兰 [N]. 光明日报，2022-08-24（16）.

第三节

民族融合最前沿

黄河书写了世界上最大的一个汉字：几。这个字书写在千里江山之上，大气磅礴、浩气永存。

"几"的本义：古人席地而坐时用来倚靠的低矮桌子。"几"是象形字，古汉语中，其本意就是"坐具"。《周礼·司几筵》，注"五几：左右玉雕彤漆素"，也就是玉几、雕几、彤几、鬃几、素几5种礼器，如今，家里用的茶几就来源于此。

百万年来，黄河始终以奔跑者的姿态持续发力，书写着中华民族的历史进程。

黄河书写"几字弯"，砚台就是贺兰山、阴山、吕梁山。滔滔黄河水所用的巨笔就是太阳的光芒，每一缕阳光就是黄河之笔的笔尖，书写着两岸风情。

黄河走龙蛇，为长城描摹了走向，山含笑，水含笑，巍峨的青山群峰逶迤、青翠葱郁，挺拔苍翠的松树巍然耸立。

黄河"几字弯"南接中原、北连草原、西接大漠、东连京津，战略位置极其

巴彦淖尔市赵北长城的终点处山口——高阙塞山口（摄影　宋和平）

重要。万里之遥，大河上下，大河与高原、大河与草原、大河与沙漠、大河与高山，共同描绘出中国北疆最美的弧线。

黄河"几字弯"是民族融合的大舞台。

黄河不仅是一条地理意义上的河流，更是一条民族融合之河、民族精神之河、中华文化符号象征之河。

历史上的匈奴、羌、鲜卑、突厥、回鹘、党项、契丹、女真、蒙古、回等民族与汉族在这里实现了民族的交往、交流、交融。

以秦汉时期为例，在长城、黄河地区，汉族与匈奴共同发展。"秦始皇三十二年（公元前215年），秦始皇命蒙恬率30万大军北击匈奴，收复了河南地，即黄河上游今宁夏以下、内蒙古境内黄河以南部分。第二年，蒙恬驱逐了匈奴，在这一带设立了44（一作34）个县，又渡过黄河，夺取高阙、阳山、北假中，向那里移民。秦始皇三十六年（公元前211年），又向北河、榆中迁了3万户人口。两次移民的数量估计近30万人，尽管在秦始皇死后这些人大多逃离，或进入匈奴地区，但为以后的移民留下了基础。"[1]

民族融合的过程有战争，也有和平，长城就成为中间地带。"中国历史上的许多民族，如荤粥、土方、鬼方、林胡、楼烦、匈奴、鲜卑、突厥、回鹘、党项、契丹、蒙古等众多民族在此繁衍生息，这里成为多民族从发展至繁盛的摇篮，岩画中关于狩猎、耕作、放牧、祭祀等内容，就是这些民族生存和发展的见证。"[2]

黄河"几字弯"特殊的地理环境，吸引了长城的修筑，中原人民与北方民族在这里共同生活。"一部黄河史，就是中华文明的多民族文化融合的历史，独具特色。这些都沉淀在历史长河里，成为多民族交融的共同文化基因，也培育了中华文明对多样性的包容性品格。"[3]

长城，是民族融合的见证者。

---

[1] 葛剑雄. 黄河与中华文明[M]. 北京：中华书局，2020：133.

[2] 高平，王潇. 阴山岩画何以惊艳世界[N]. 光明日报，2022-01-15（4）.

[3] 鲍俊林. 黄河，中华民族一首读不完的诗篇[N]. 文汇报，2020-11-27（3）.

第四节

河套要地环河转

河套因黄河而生,自古就是战略要塞、兵家必争之地。

自从明长城越过黄河到达陕北、鄂尔多斯高原南段之后,河套这一地名就诞生了,民谚讲"黄河百害,唯富一套",也是明清时期之事。明代为了防御北方游牧民族的扰掠,于明成化九年(1473年),修起一条东起清水营(今陕西省府谷县境),西抵花马池(今宁夏盐池县境),延绵1700千米的长城(当地人叫其为"边墙"),弃长城以北和黄河以南的土地于不顾,即所谓的"弃套"。从此,对这片土地便以"河套"为名。《明史》中记载:"大河三面环之,所谓河套也。"

《读史方舆纪要序》中写道:"河套南望关中,控天下之头项,得河套者行天下,失河套者失天下,河套安,天下安,河套乱,天下乱。"

河套是战略要地,黄河培育之,长城拱卫之。

清代《河套图考》序言中指出:"河以套名,主形胜也。河流自西而东,至灵州西界之横城,折而北,谓之出套。北折而东,东复折而南,至府谷之黄甫

巴彦淖尔市乌拉特前旗长河落日圆（摄影 诺敏·何）

川，入内地迂回二千余里，环抱河以南之地，故名曰河套"；"在中国历史视野中的河套主要包括今贺兰山以东、黄河以西、阴山以南、长城以北的区域"。[1]

从传统的地理分区来讲，黄河"几字弯"基本上与河套地区重叠，属于一个区域。《辞海》中"河套"一条，释为"指内蒙古自治区和宁夏回族自治区境内贺兰山以东、狼山和大青山以南黄河沿岸地区。因黄河由此流成一个大弯曲，故名。以乌拉山为界，东为前套，西为后套。又旧以黄河以南、长城以北的地区称前套，和黄河北岸的后套相对称。"

"考古学界发掘的河套人遗址就是用了'河套'之名，这个三万年前的人类遗址也在明长城不远处。河套人时代的内蒙古萨拉乌苏河一带，是以草原为主，兼有针、阔叶混交林的环境，气候总的来说比今天温暖。这种自然环境无疑是有利于早期人类采集和狩猎的经济生活。中国的新石器时代，距今约八千至

---

[1] 杨蕤. 大地遗珍：河套地区的西夏史迹[N]. 光明日报，2022-04-06（11）.

长城拥抱黄河

巴彦淖尔市阴山岩画"群虎图",体现了先人的智慧和艺术想象力(摄影 宋和平)

三千年。迄今为止发现的新石器时代遗址约有七八千处,绝大部分分布在黄河流域。"[1]

河套地区的地形在世界大江大河里绝无仅有。河套周边地区,包括湟水流域、洮水流域、洛水流域、渭水流域、汾水流域、桑乾河流域、漳水流域、滹沱河流域、大黑河流域,具有比较好的自然条件,它们环绕着河套地区,如众星捧月一样,把河套文明推到了顶峰。

春秋时期,赵武灵王把版图延伸到阴山山脉,占领了河套,设立了云中郡、九原郡。秦朝统一中原后,迁徙3万户到这里戍边,设云中、九原两郡。汉代时,移民30余万至河套,筑城、屯田、养马,置朔方郡(今内蒙古巴彦淖尔市磴口县)和五原郡(今包头市境)。当时的人们引黄河灌溉,当地农业迅速发展,经济繁荣。元朝时,这里属于元大都(今北京市)所管辖,成为中心地区。

长城与黄河联手缔造了富饶的河套地区。

---

[1] 邹逸麟. 千古黄河[M]. 上海:上海远东出版社,2012.

第五节

农牧地理分界线

在阴山、贺兰山、吕梁山与黄河之间，农耕文明与游牧文明、草原文化与黄河文化交流、交融。

在这里，明长城正好建在400毫米等降水量线上。

明朝修长城，为什么能够修筑在400毫米等降水量线上？

这可能就是历史经验，明朝从阴山山脉南移200千米修建了长城，体现了古人的智慧与经验，古人观察了当时农耕民族与游牧民族的"生产生活线"，正好将明长城修筑在了这里。

明长城以南的山西、陕西地区，年降水量大于400毫米，是农业区，适合种庄稼。以北的内蒙古中西部地区，年降水量小于400毫米，属于半农半牧区，以牧业为主，兼顾农业。

黄河进入中原后，首先来到黄土高原。黄土高原比黄河的年龄还大。黄土高原的土层厚度普遍达到50~80米，最厚的地区可达250米以上。这么厚的黄土层是怎么来的？目前比较流行的说法是风成说。在距今200万~300万年前的第四纪冰期,气候干冷,西北风携带黄土高原以西广阔地区的沙漠和戈壁(包括新疆、内蒙古、中亚等地)的黄土往东南方向吹,到了黄土高原地区,风力减弱,黄土沉积,年复一年,最终形成了黄土高原。

农牧地理分界线上,内蒙古农牧业双丰收。黄河在内蒙古"几字弯"冲击形成河套平原、土默川平原。这一区域地处北纬39°10′~41°50′,处于冷凉经济带、黄金农业种植带、黄金畜牧带。特定的海拔、纬度等地理和气候条件,决定了农畜产品品种多样、品质优良,既绿色有机,又营养价值高、口感好,"绿色内蒙古"已经成为区域性形象品牌。

"内蒙古黄河流域现有耕地4618万亩,占全区耕地面积的33.7%;粮食产量151亿斤,占全区粮食产量的21.3%;牲畜存栏2352万头只,占全区牲畜存栏的32.7%。内蒙古是国家重要的农畜产品基地。河套灌区远在秦汉时代即开始挖

呼和浩特市清水河县黄河岸边的谷物(摄影 宋和平)

第五章 长城偏爱黄河"几字弯"

长城脚下秋收忙（摄影 王东麟）

渠，被列入世界灌溉工程遗产第六批名录，1961年建成的三盛公水利枢纽工程被誉为'万里黄河第一闸'。河套灌区目前是亚洲最大的自流引水灌区，有'天下黄河、唯富一套'之美誉。"[1]

在这条农牧地理分界线上，农牧业实现融合发展。"从秦汉开始，贺兰山以东的黄河两岸，大量的内地移民至此戍边，他们带来了中原的农耕技术，又致力于利用黄河优势引水灌溉，世代相传，终于把这里开发成富饶的绿洲。因为有贺兰山的护卫，才有了银川平原富庶之地，正如唐朝诗人韦蟾所称颂的'贺兰山下果园成，塞北江南旧有名'。"[2]

---

[1] 布小林.坚持生态优先 绿色发展 推动内蒙古黄河流域生态保护和高质量发展[N].内蒙古日报，2020-12-30（2）.

[2] 陈育宁.那山，名叫贺兰[N].光明日报，2022-08-24（16）.

第六节

国家"能源之湾"

内蒙古黄河流域煤炭、天然气、风能、太阳能等能源资源丰富,煤炭产能占全国的1/5,石油、天然气储量分别为6亿吨和2万亿立方米,风能、太阳能资源居全国前列。其中,鄂尔多斯煤田是世界特大煤田之一,乌海优质焦煤储量占内蒙古已探明储量的75%,鄂尔多斯庆城油田是10亿吨级的大油田,苏格里气田是我国目前第一特大型气田。沿黄河地区电力装机总量、新能源装机总量和外送电量分别占到全区的64%、56%和44%。这一区域还是我国重要的现代煤化工、冶金、稀土、装备制造产业基地,煤制油、煤制天然气、煤制烯烃等现代煤化工产业规模和技术在国内外处于领先地位。

黄河"几字弯"西段的贺兰山地带也是一座资源的宝库。"1272年,马可·波罗穿越西夏旧地,他发现贺兰山北部有一种黑色的'会燃烧的石头',这就是著名的贺兰山太西煤。如今优质的太西煤远销世界各地,成了宁夏的品牌。相传,贺兰石是女娲炼石成功后的第一块补天石,其光泽柔润,质地细密,幽蓝

煤矿矿井（摄影 赵鹏）

的色泽中'碧绿'嵌入，自然生成一体，成为制作砚石的极品。"[1]

元代时，马可·波罗在黄河"几字弯"的蒙西发现了"会燃烧的石头"，还在陕北发现了"会燃烧的黑色液体"，其实就是煤炭和石油。

如今，黄河"几字弯"已经成为国家重要的"能源之湾"，在长城与黄河的见证下，发挥着自己的光和热。

---

[1] 陈育宁. 那山，名叫贺兰[N]. 光明日报，2022-08-24（16）.

- ☑ 阅读导览
- ☑ 了解长城
- ☑ 领略风光
- ☑ 探索发现

第六章

黄河分界选青城

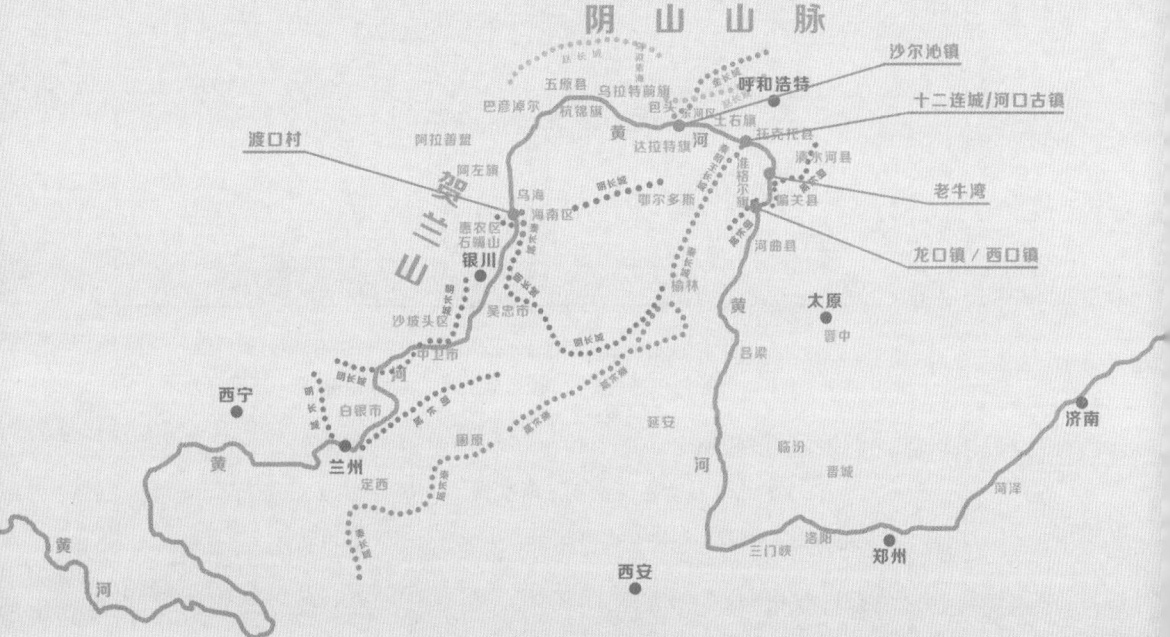

- 百万岁的黄河养育了50万岁的大窑人
- 黄河上游、中游分界点情定呼和浩特
- 黄河航道枢纽之城
- 草原丝绸之路上的重要城市

黄河为什么把第一个分界点，也就是上游、中游的分界点设在了呼和浩特？

这让9个黄河省份的省会城市何等羡慕。

作为内蒙古自治区的首府，呼和浩特市彰显着"美丽青城，草原都市"的特殊地位。

万里黄河、万里长城、万里茶道在呼和浩特市"喜相逢"，也让更多的文化符号聚集于此。

黄河、长城联手缔造了国家历史文化名城呼和浩特市。

康熙皇帝夸赞呼和浩特"山环水亘，凤称胜境"。此句的御制石碑仍然矗立在呼和浩特市玉泉区的席力图召内。

第一节

百万岁的黄河养育了50万岁的大窑人

"大约在旧石器时代,黄河流域已经有了远古人类活动的踪迹。迄今为止,在中国境内发现的旧石器时代遗址有100余处,70%分布在黄河流域。陕西省蓝田县公主岭'蓝田猿人'(距今80万～75万年)、北京市周口店的'北京猿人'(距今70万～20万年)等遗址揭开了黄河流域古人类文化的序幕。"[1]

内蒙古的先民是在50万年前出现的,这就是在呼和浩特市发现的至今50万岁的大窑人。大窑人与北京猿人同期,这些先民都是黄河儿女。得益于百万岁的黄河,呼和浩特市成为中国远古人类发祥地之一,大窑人开启了呼和浩特的人文历史。

在遥远的旧石器时代,距今约70万～30万年,当黄河流经呼和浩特地区折转向南、"奔向大海不复返"时,位于呼和浩特市东北郊大青山脚下的大窑人已经成为呼和浩特地区的第一代黄河儿女。"大窑文化是目前我国正式发掘的唯一涵盖了旧石器时代早、中、晚三个时期的一处石器制造场,填补了内蒙古地区旧

---

[1] 邹逸麟. 千古黄河[M]. 上海:上海远东出版社,2012:13.

海生不浪遗址（摄影　宋和平）

海生不浪遗址附近的黄河大桥（摄影　宋和平）

石器文化的空白,这表明内蒙古阴山南麓一带是远古人类开展活动之地,时代久远,也是中华文化发祥地之一。"[1]

在中华文明进程中,旧石器时代、新石器时代,呼和浩特地区都没有掉队,黄河仰韶文化崛起,呼和浩特地区也同步迈入更加辉煌的文明。呼和浩特市托克托县有六七千年前新石器时代的黄河北岸古人类文明遗址——海生不浪遗址,有清水河县岔河口新石器时代遗址。

从现在的地理位置看,大窑人生活在呼和浩特市大青山脚下,新城区保合少镇大窑村。大窑人与北京人同步登上人类历史舞台,作为黄河儿女,一东一西,迎接了中华文明的曙光。"北京猿人,亦称北京直立人、北京人,旧称中国猿人。世界著名猿人化石。北京猿人的绝对年代为距今约70万～23万年,地质时代属更新世中期。"[2]

50万年前,呼和浩特与黄河定了终身。尽管长城来得晚一些,但是,修筑最古老长城的人,首先选择了大窑人的家园——大青山前坡。如今可以看到,赵北长城就在呼和浩特市大窑文化遗址的北边,也就几千米的距离。

---

[1] 院秀琴. 中华根脉,文化源流［N］. 内蒙古日报,2021-04-19(6).

[2] 上海辞书出版社. 辞海(第七版彩图本)［M］. 上海:上海辞书出版社,2020:224.

第二节

黄河上游、中游分界点情定呼和浩特

黄河上游、中游分界点在呼和浩特市托克托县河口村。

黄河上游、中游的分界点为何选择在呼和浩特市？其理由是充分的，与黄河的流向、黄河"几字弯"的布局有关系。水利专家认为："黄河上、中、下游的划分，既是地形、地貌、水文等自然因素决定的，也是科学保护治理的需要"；"黄河上游、中游的分界点是内蒙古托克托县河口（古镇），也就是'几字弯''一横'的末端附近；中游、下游的分界点则是河南郑州桃花峪。九曲黄河，为何恰是这些地方成为上中下游的分界标志？先说地形地貌。黄河先是穿行青藏高原、内蒙古高原，峡谷多、河道落差大、水力资源丰富，流至河口（古镇）附近急转南下，以此为上游。再看水文等特征。黄河上游区产水量占黄河总水量的六成左右，是黄河径流主要来源区。上游区降雨具有面积大、历时长、强度较小等特点，河水清澈、径流稳定、含沙量小。"[1]

划分黄河分界点，综合考虑了地形、地貌、水文、降雨、含沙量、流向和防

---

[1] 张留柱. 黄河上中下游为啥这样分？[N]. 人民日报，2022-03-22（14）.

第六章　黄河分界选青城

托克托县河口村黄河上中游分界点纪念碑（摄影　宋和平）

洪治理等因素。

　　实际上，从元代寻找"黄河源头"开始，呼和浩特市（当时叫丰州）就进入了水利专家的视野，大黑河入黄河口之"河口"就成为黄河上游、中游的重要节点。"至元二年（1265年），元代科学家、水利专家郭守敬建议西夏府路（今银川市）黄河通漕运。同年冬，忽必烈令选善水者探测宁夏至东胜（今呼和浩特市托克托县的黄河边）的黄河航道。次年秋，忽必烈又诏令西京宣抚司负责造船，以备西夏漕运（《元史·世祖本纪》）。至元二十六年（1289年），郭守敬继续为'兴中府至东胜'的黄河水运尽力敬业。他的这项通航工程实现后，对运送粮

长城拥抱黄河

黄河上中下游分界图（引自 2022 年 3 月 22 日《人民日报》第 14 版）

食十分方便，尤其为运盐开辟了昌盛之路。"[1]

划分黄河上中下游是黄河科学保护治理的需要，有利于人们更清晰地认识黄河、了解黄河。古往今来，人们在勘测黄河的过程中，也进行了科学判断。"早在《尚书·禹贡》中就记载：'导河积石，至于龙门。'1952 年，黄河水利委员会组成黄河河源查勘队，在一次次考察中，终于确定了黄河正源，并逐步对上中下游进行精细划分。有了明确的地理分界点，保护治理黄河就能追根溯源、精准把脉。黄河中下游的河道游荡，又是地上悬河，需要重点防御水旱灾害。此外，上游涵养水源、中游保持水土、下游保护湿地，分区分类才能对症下药。可见，黄河上中下游的划分，既是地形、地貌、水文等自然因素决定的，也是科学保护治理的需要。"[2]

黄河上游、中游的分界点，正是大黑河注入黄河的入口，既叫河口，也叫海口。大黑河在北魏《水经注》前称芒干水，隋称金河，金时始称大黑河。大黑河

---

[1] 内蒙古自治区公路交通史志编审委员会. 内蒙古自治区志·公路、水运交通志 [M]. 呼和浩特: 内蒙古人民出版社，2001.

[2] 内蒙古自治区公路交通史志编审委员会. 内蒙古自治区志·公路、水运交通志 [M]. 呼和浩特: 内蒙古人民出版社，2001.

发源于乌兰察布市卓资山十八台乡，在旗下营（镇）南侧两流汇合，流经呼和浩特市赛罕区、土默特左旗、托克托县境，于河口汇入黄河，全长235.9千米。大黑河古时有通航之举。据《隋书·突厥传》记载，隋大业三年（607年）八月，"炀帝车驾发榆林，亲巡云中（今古城），乘龙舟溯金河而东北幸启民（汗）所居，皇后亦幸公主帐"。

托克托县河口村很有来头，历史上是水旱码头、塞外古镇，比包头村、包头镇还早。《呼和浩特市地名志》中记载："河口村，此村建于元代。货物集中中心，商号林立，是久负盛名的'塞外古镇'。""1267年，忽必烈设立中兴路（银川）至西京路之东胜（托克托）水驿10处，就在河口镇。"[1]根据《内蒙古自治区志·商业志》记载，1850年，托克托县的河口镇遭黄河水淹，河运中心迁往包头南海子渡口，使包头成为水旱码头。1926年，平绥（包头）铁路开通，河口镇失去往日辉煌。

著名的《木兰辞》中就有一部分故事发生在黄河边。

> 旦辞爷娘去，
> 暮宿黄河边，
> 不闻爷娘唤女声，
> 但闻黄河流水鸣溅溅。
> 旦辞黄河去，
> 暮至黑山头，
> 不闻爷娘唤女声，
> 但闻燕山胡骑鸣啾啾。

有一种说法，这里的"黑山头"就是黄河"几字弯"以北的大青山。

著名的《敕勒歌》描写的也是这里。

---

[1] 内蒙古大辞典编委会. 内蒙古大辞典[M]. 呼和浩特：内蒙古人民出版社，1991.

长城拥抱黄河

> 敕勒川，阴山下，
>
> 天似穹庐，笼盖四野。
>
> 天苍苍，野茫茫，风吹草低见牛羊。

这里的敕勒川，就是阴山脚下、内蒙古"几字弯"黄河两岸。《敕勒歌》唱响之处，正是黄河的第一个分界点。

和林格尔县盛乐博物馆中展出的《木兰辞》场景雕塑（摄影　王东麟）

第三节

黄河航道枢纽之城

黄河与长城范围内,自古以来就是经济活跃区。从黄河的经济功能来看,呼和浩特是重要的贸易中心。

兰州到银川,银川到呼和浩特,呼和浩特到晋西、陕北,这条黄河航运通道千年未断,特别是从宁夏银川到内蒙古呼和浩特河口古镇,一直是黄河航道,也是粮食之路、药材之路、咸盐之路、皮毛之路。直到1990年之后才完全停运。这里的交通工具以木船、羊皮筏子、牛皮筏子为主,后发展为机帆船、轮船。

北魏最早开辟了黄河水上航道。"北魏太平真君七年(446年),镇将刁雍率领军士从薄骨律镇(今宁夏银川市)经黄河水运军粮五十万斛至沃野镇(今巴彦淖尔市乌拉特前旗西),开创长途水运的先例。唐代,在灵州设水运使,管理河套地区的黄河水道。元代,至元二年(1265年),科学家郭守敬建议朝廷在黄河中上游开通漕运并得到实施,使黄河成为中上游地区物资运输的主要通

长城拥抱黄河

长河落日（摄影　宋和平）

道。"[1]

之后，黄河水运成为交通大动脉。"元代、清代又重新将这条水路命名为"官道"。1267年，元世祖忽必烈设立中兴路至西京路水驿10处。"[2] 此举，让黄河水路与元朝1500多个驿站联系起来。1697年，康熙皇帝下圣旨设河口官渡，继续通往宁夏、甘肃一带。

按照《中国交通志》记载，呼和浩特—银川的黄河水路开通了800多年，直到京包铁路、包兰铁路通车及京藏高速、110国道、109国道通车后，才渐渐失去作用。

---

[1] 内蒙古自治区公路交通史志编审委员会. 内蒙古自治区志·公路、水运交通志[M]. 呼和浩特：内蒙古人民出版社，2001：11.

[2] 内蒙古大辞典编委会. 内蒙古大辞典[M]. 呼和浩特：内蒙古人民出版社，1991.

《呼和浩特交通志》记载：呼和浩特历史上的"东胜"从元朝开始，发展成黄河中游、上游"物资集散地和水运枢纽"。"至清朝，托克托河口镇为黄河上游三大发盐地（河口、磴口、吉兰泰）之一，设盐务大使。官商船舶往来如梭。清道光三十年（1850年）秋，黄河坝溃决，浸渍月余，河口被冲毁，损金巨万。巨商多移包头、归绥，水运始衰败。至同治年间，河口镇甘草钱粮业得以发展，市廛栉比，百业兴隆，又以甘草码头而著名。"[1]

托克托县东胜卫故城（摄影　宋和平）

元、明、清以来，以呼和浩特为核心，陆地道路东连大同、北京，西通宁夏、新疆，南通西安，这些道路见证了元朝时期中华民族大融合、大发展，共同创造了中华文化的历史。《中国交通志》记载，丝绸之路凿空以来，呼和浩特一直与榆林、延安、西安有一条驰道。同时，通过呼和浩特、大同、张家口、北京的是一条国家驿路。向北，通过阴山白道，形成连接中、蒙、俄的"万里茶道"。

成书于元代末年，记述元大都历史的志书《析津志》中提道："宣朝廷之

---

[1] 颜景良. 呼和浩特交通志[M]. 北京：人民交通出版社，1997：270—271.

政,速边徼之警报,俾天下流通而无滞,惟驿为重。"书中还记载了这样一道诏令,针对延安路(今延安市)、东胜州(今托克托县)调兵转粮面临的问题,要求强化对站赤的管理:"若不验其陆路远近,整治站赤,诚恐临时失误。俺商量来,而今东胜至白登伍处,元设牛站。"

《清水河厅志》记载,清水河有沿河渡口14处,分别是喇嘛湾、拐上、榆树湾、二道塔、牛龙湾、上城湾、阳落滩、园湾子、沙湾、柳青、宽滩、下城湾、打鱼窑、老牛湾,足见该县黄河水运之繁荣。

在呼和浩特市黄河沿线,存在大量的古遗址、古驿站、古瓷窑、古村落、古码头、古窑洞、古作坊,体现了别样的风采。

综合《中国交通志》《内蒙古自治区志·公路、水运交通志》记载,隋唐以

河口古渡黄河两岸(摄影 诺敏·何)

来，以呼和浩特、包头、鄂尔多斯、巴彦淖尔为主的内蒙古黄河水运航道846千米，有71处古码头、古渡口，满载着黄河故事。隋唐设立6处渡口、元代设立14处渡口、明代设立13处渡口、清末民初设立71处渡口、中华人民共和国成立后设立80多处渡口，是山西人、陕西人"走西口"与旅蒙商通行的大通道，直到1985年，黄河有60多处渡口、5545艘航船仍在通航。

第四节

草原丝绸之路上的重要城市

在呼和浩特市有一个公园名叫草原丝绸之路文化公园,这是呼和浩特市的一张丝路名片。

草原丝绸之路是指内蒙古草原地带沟通欧亚大陆的商贸大通道,是丝绸之路的重要组成部分。其时间范围可以定位为青铜时代至近现代,空间范围大致框定为北纬40°～50°的这一区域,以草原为主要地貌,以游牧业为主要经济类型。其主体线路是由中原地区向北越过古阴山(今大青山)、燕山一带的长城沿线,西北穿越蒙古高原、南俄草原、中西亚北部,直达地中海北陆的欧洲地区。

草原丝绸之路东段最为重要的起点是内蒙古长城沿线,也就是今天的内蒙古明长城沿线。

呼和浩特自战国赵武灵王时期建城以来,始终是内蒙古地区的政治及经济中心。

宋、辽、西夏、元朝时期,呼和浩特市是丰州城所在地,是辽国建立的大城市,《马可·波罗游记》记载,"境内环以墙垣""畜牧农为主,亦征做工

第六章 黄河分界选青城

呼和浩特市丰州故城万部华严经塔（摄影 蔺镇君）

商""并用驼毛制毯甚多，各色皆有"。这表明，丰州城（今呼和浩特市）在辽、宋、西夏、金、元时期城市化水平很高，是草原文化中城市文明的重要见证。后来在白塔附近发现了到目前为止发现的世界上最早的纸币——至元通行宝钞，足见当时的呼和浩特市商业之发达。

从元朝开始，历经明朝、清朝，呼和浩特逐渐成为茶叶之路上的重要节点。茶叶之路始于辽、宋时期。在元代，丰州城从陆路直通陕、甘、宁以及新疆，水路以黄河直通晋、陕、宁，经草原通向今日的蒙古国、俄罗斯，然后到达欧洲，让"草原丝绸之路"成为与欧亚沟通的"自由贸易大通道"。

明朝在呼和浩特地区建立"库库和屯""召城"及今日玉泉区旧城，到了清

长城拥抱黄河

呼和浩特市玉泉区塞上老街（摄影　王东麟）

朝康熙年间，万里茶道更盛。茶马贸易过了张家口之后，进入呼和浩特地区。在这一历史时期，催生了晋商、徽商、京商、张库帮等商帮。

第七章

"抱出"中华文化同心圆

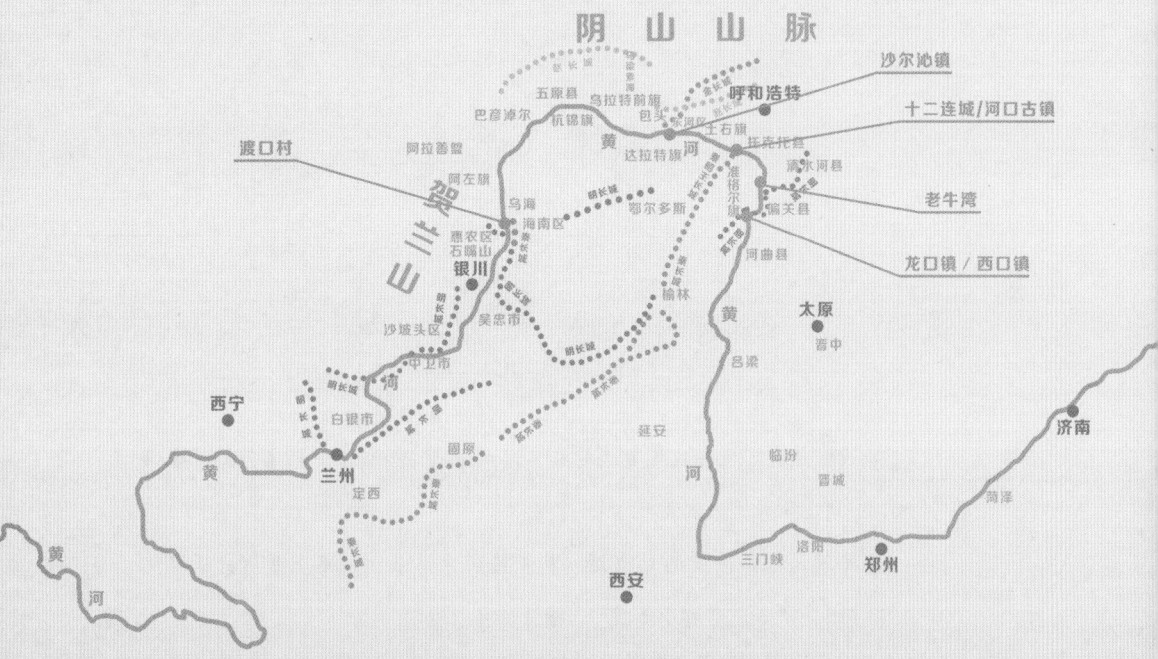

- 和合爱国
- 农牧融合
- 草原都市
- 团结奋斗
- 开放包容
- 商业文化
- 和亲共荣
- 非遗融通
- 绿色生态

长城是我国现存规模最大的文化遗产，从海平线上一路爬升3000多米，一路上风风火火找黄河。

　　黄河是中华民族的母亲河，从青藏高原而来，一路上断崖式下降4500多米，"奔流到海不复回"，咆哮着寻长城。

　　中华民族两大文化根脉一起向未来。

　　黄河仿佛就是冲锋号，导引着长城的奋斗方向。

　　为了"黄河宁，天下平"，长城不远万里拥抱黄河。

　　长城与黄河紧紧抱在一起，"多元一体"的中华文化就在黄河、长城一条线凝聚成一块坚硬的钢铁。

第一节

和合爱国

> 和合才能共美，
> 心有所同方能行远。

长城从多个方向与黄河及其支流相会。在黄河、长城的怀抱里，各民族在几千年交融发展的过程中，形成了和合爱国的传统，铸牢中华民族共同体意识。"中华民族历来讲究和合。甲骨文中就有'和''合'二字出现，和指音声相和，合指上下唇相合。早期，和与合表达的都是单一概念，两者各有侧重。其中，和指的是和谐、和平、中和等，合指的是汇合、融合、联合等"。"春秋战国时期，和合首次成词联用。《管子·兵法》中提及'和合故能谐'，意思是人民和谐团结，就不会受到伤害"。"和合文化历久弥新，始终强调人类应遵循自然界法则，顺应万物生息规律，与天地万物共生共处。"[1]

黄河在呼和浩特段创造了大窑文化。在鄂尔多斯高原、河套平原孕育了河套

---
[1] 朱凌君. 在台州读懂"和合"[N]. 解放日报，2022-11-30.

长城拥抱黄河

内蒙古昭君博物院中展出的吐谷浑王迎娶弘化公主的场景（微缩景观局部）（摄影 蔺镇君）

文化。仰韶文化时期的文化遗址更是满天星斗式遍布蒙、晋、陕、甘、宁地区。

黄河"几字弯"是中华各民族大融合的前沿阵地，是中华民族融合发展的历史见证。

在陕北、晋北、甘肃、宁夏与内蒙古接壤的地方，自古以来就是汉族、匈奴、乌桓、鲜卑、突厥、回鹘、契丹、女真、蒙古、回等民族共同繁衍生息的地方。尽管各民族存在文化差异，但是，经过长期的共同生活、共同发展，各民族共同创造和发展了中华文化。

"我国各民族在分布上的交错杂居、文化上的兼收并蓄、经济上的相互依存、情感上的相互亲近，形成了你中有我、我中有你、谁也离不开谁的多元一体格局"。"可以说，维系统一、各族一家的思想是中华民族的精神基因。在此基础上，共同构成了你中有我、我中有你、谁也离不开谁的中华民族命运共同体。"[1]

发生在黄河、长城边的赵武灵王胡服骑射，是中原文化与北方少数民族文化融合的经典案例。赵武灵王掀开了黄河"几字弯"各民族交融发展的历史大幕，促进了各民族相互学习、共同发展。"《战国策》记载赵武灵王'今吾将胡服骑射以教百姓'，以'利其民而厚其国'。这一改革弱化了赵人、胡人心理上的汉胡差异，体现了各民族文化上的相互学习，取长补短。"[2]

包头市石拐区赵武灵王雕塑（摄影 宋和平）

历史上，各民族在内蒙古繁衍生息，融合发展，胡服骑射、昭君出塞、拓跋鲜卑从盛乐都城迁都洛阳等都是和合的故事，都是文化认同的故事。

607年，隋炀帝宴请启民可汗等北方民族首领，为中华民族大统一、大融合作出历史性贡献。唐朝时期，北方各民族承认唐太宗李世民为"天可汗"，便把从现在的蒙古国色楞格河到内蒙古巴彦淖尔地区的一条通道称为"参天可汗道"，这条通道见证了中华民族团结、融合的历史。

1267年，忽必烈设立中兴路（今银川市）至西京路之东胜（今呼和浩特托克托县）水驿10处，促进民族经济发展。1697年，康熙下圣旨设河口官渡（今呼和浩特）、毛岱官渡（今包头），有效地促进了国家统一、民族团结、经济发展。

---

[1] 韩子勇. 黄河：一部中华民族的伟大史诗［N］. 光明日报，2019-12-13（14）.
[2] 杨富有. 加强历史文化研究，共创共建美好家园［N］. 光明日报，2021-01-19（8）.

达拉特旗黄河岸边昭君城（摄影　宋和平）

明朝在呼和浩特黄河边设立东胜卫，有效管理黄河"几字弯"地区。明朝万历年间俺答受封后，黄河"几字弯"地区与明朝中央政府之间战事停止，重现和平。明朝在"九边"长城沿线、黄河沿线开放商市后，商民往来贸易，城镇繁荣。万历五年（1577年），俺答又在丰州建呼和浩特（青色的城），请明廷命名。明廷赐名归化城。万历九年（1581年），俺答病死，年七十七岁。子孙承袭顺义王爵。俺答的合敦三娘子佐理国政，明廷封她为忠顺夫人。三娘子掌握兵权二十年间，东起宣府西至甘肃边境，不再有战事。"[1]

回望历史，历朝历代各族人民在黄河"几字弯"书写了和合爱国的不朽篇章，为中华文化不断注入生机活力。

历史学家认为，5000年中华文明发展史也是各民族交往交流交融的历史，其中共有5次民族大迁徙、大融合。"第一次是炎黄时代至夏商周时期，形成华夏族。第二次是春秋战国至秦汉时期，众多族群融入华夏族中，华夏族演变为汉族。第三次是从魏晋南北朝到隋唐时期，北方少数民族与中原汉族融合，南方少数民族与南迁的中原汉族融合，形成了全国范围的民族大融合。第四次是五代十国至辽宋金元时期。北方的契丹、女真、党项等少数民族大量进入中原，与当地

---

[1] 蔡美彪. 中华史纲[M]. 北京：社会科学文献出版社，2012.

汉族融为一体。第五次是明清时期。明朝建立后,留在中原的少数民族大多改用汉姓,促进了新的融合。清朝建立后,打破了满汉之间的地域界限,并采取了一系列措施推动汉族与少数民族的文化交流,进一步促进了民族融合。"[1]

中华民族这5次大融合,有4次发生在呼和浩特及黄河"几字弯"地区。

北魏时期,鲜卑建立的北魏王朝,从呼和浩特的盛乐古城搬迁到大同、洛阳,书写了精彩的文化融合的故事。

昭君雕塑(摄影 蔺镇君)

"孝文帝从塞北平城迁都洛阳,就是承袭了中华民族历史上'择中立都'的理念。在都城规划营建中的'择中立宫',形成完整、规整的都城'中轴线',更是开启了此后古代都城发展史的先河,并直接影响了隋唐两京的长安城与洛阳城。这说明在中华民族历史文化发展中,鲜卑不但对中华民族文化认同、国家政治认同,而且对中华民族历史上的社会主导文化——国家都城文化发展有着重要

---

[1] 何星亮. 民族交往交流交融促进中华民族复兴[N]. 人民日报,2017-07-28(7).

贡献。"[1]

黄河、长城的发展历史证明了各民族交往交流交融增强了中华民族的凝聚力。我国自秦朝以后，大一统始终是历史发展的主基调。我国各民族在交往交流交融中逐渐形成了世界上人口最多、文字基本统一、观念基本相同的中华民族。

中华民族在形成和发展的历程中不断整合，由多元到一体，由交往交流到交融，由松散到紧密，最终形成你中有我、我中有你、谁也离不开谁的格局。

---

[1] 刘庆柱. 古代都城考古揭示多民族统一国家认同[N]. 光明日报，2016-04-07（16）.

第二节

农牧融合

黄河"几字弯"与历代长城相向、并行，并且与明代长城握手、拥抱，是重要的地理分界线、气候分界线，也是农耕和游牧生产方式的交汇地带。

尽管黄河"几字弯"周围有草原、大漠，也遍布平原、山地、戈壁，但是，黄河文化自古以来就是以农耕文明为主的文化体系，吸收并影响改变着游牧文明。在黄河、长城周围，农耕经济与游牧经济已经融为一体。"观察这条河（黄河），要把它放在整个东方文明的大背景下。从采集到农耕、从狩猎到游牧，是人类早期历史的基本线索。人类第一次革命是农业革命，农业革命使'游荡的人'变成'聚落的人'，发展出定居模式和复杂社会。"[1]

内蒙古是黄河"几字弯"核心区，自古以来就是粮仓，如今，这里又发展成我国著名的绿色"粮仓""肉库""奶罐"。

内蒙古有文字记载的历史是从赵武灵王胡服骑射、修筑赵北长城和在呼和浩特境内建立云中古城、在包头境内建立麻池古城开始的。早在战国时期，大量汉

---

[1] 韩子勇. 黄河：一部中华民族的伟大史诗[N]. 光明日报，2019-12-13（14）.

云中郡文化主题公园（摄影　宋和平）

族移民黄河"几字弯"进行农业生产。"赵武灵王二十年（公元前306年）开始发动对中山、林胡、楼烦的进攻，至惠文王三年（公元前296年）灭中山国，疆域扩展到今河北西部、山西北部和内蒙古河套地区。为了开发这些地区，巩固北部边疆，大批移民被从赵国中心区迁来。"[1]

　　我国的400毫米等降水量线，也是我国东部与西部的分界线，是塞上与塞外的交汇处，是湿润、半湿润与干旱、半干旱区域的交汇区域。"在中国，农耕文明和游牧文明的交流和交融，使黄河、长城区域成为中国历史的高温区，成为中华民族这个历史大熔炉中火力最旺、受热最多的坩埚的锅底。"[2]

　　4000年前的鄂尔多斯青铜文化，也是黄河流域农耕文化的重要符号。"银

---

[1] 葛剑雄. 黄河与中华文明［M］. 北京：中华书局，2020.
[2] 韩子勇. 黄河：一部中华民族的伟大史诗［N］. 光明日报，2019-12-13（14）.

赵武灵王胡服骑射时期的人物雕塑（摄影　宋和平）

川平原、河套平原的水利开发，至少可以追溯到汉武帝时代，二千多年的水利设施不断修缮和改进，成为黄河上游的米粮川，故有'黄河百害，唯富一套'的说法。"[1]

黄河"几字弯"内的甘肃北部、宁夏、内蒙古及陕北地区，自古以来也是游牧之地，后来，经过移民、开荒和农业开发，一步步成为农业和牧业交错发展之地。

见证黄河"几字弯"游牧经济辉煌历史的首先是阴山岩画和贺兰山岩画，这里聚集了丰富的岩画群落，这些岩画刻画出了我国古代北方和西部游牧民族生产与生活的场景，刻画了牛、马、骆驼、羊等形象图腾。

---

[1] 邹逸麟. 千古黄河 [M]. 上海：上海远东出版社，2012.

美丽乡村托县郝家窑村的葡萄树（摄影　宋和平）

"早在5世纪，郦道元所著《水经注》中就有岩画的翔实记载"。"直至1976年内蒙古自治区境内阴山岩画的发现，才彻底改变了这种状况。对阴山岩画的系统研究，让世界开始真正了解中国岩画，中国在岩画研究方式、信息采集等方面也都走到了世界前列。"[1]

如今，黄河、长城一带，既是农耕经济发达之地，也是游牧经济强盛之地。"从青铜峡至内蒙古河口镇的河段，属于冲积平原段。黄河出青铜峡后，沿鄂尔多斯高原的西北边界向东北方向流动，然后向东直抵河口镇。这一段的沿河区域大多为荒漠和草原，基本没有支流注入，干流河床平缓，水流缓慢。两岸有大片的冲积平原，包括银川平原和河套平原。西起宁夏下河沿、东至内蒙古河口镇的河套平原，长900千米，宽30～50千米，由于河流纵横、水草丰美，自古有'黄河百害，唯富一套'的说法。"[2]

鄂尔多斯盆地和河套地区，大多数区域地处北纬39°～42°，处于世界著名的冷凉经济带、黄金农业种植带和黄金畜牧带。特定的海拔、纬度等地理和气候条件，决定了农畜产品品种多样、品质优良，既绿色有机又有营养价值高、口感好的特点，"绿色内蒙古"已经成为区域性形象品牌。培育了"中国羊产

---

[1] 高平，王潇. 阴山岩画何以惊艳世界［N］. 光明日报，2022-01-15（4）.
[2] 马利琴. 长江黄河［M］. 合肥：黄山书社，2016.

第七章 "抱出"中华文化同心圆

呼和浩特市中国乳都雕塑（摄影　宋和平）

业之都""中国乳都""中国羊绒之都""中国向日葵之都""中国马铃薯之都""中国番茄之都"。"天赋河套"获得2019年中国农业最具影响力品牌，以"中国乳都"呼和浩特为代表的奶业发展更是享誉世界。

第三节

草原都市

人口向城市、都市聚集发展，产业为城市服务，城乡互动融合发展，始终是发展方向。即使在大草原上，牧民也是向"敖特尔"（居民点）、浩特（村落、城镇）聚集，形成了独特的草原与都市并重的格局。

内蒙古的草原都市特色明显，文化厚重，主要以呼和浩特、包头、巴彦淖尔、鄂尔多斯、乌海和巴彦浩特等城市为代表。

呼和浩特是内蒙古唯一的国家历史文化名城，具有2300多年的建城历史，自古以来就是由各民族共同建立的草原都市。战国秦汉时期的云中郡故城、北魏的盛乐古都、辽金元时期的丰州城、明代的归化城和清代的绥远城，这5座古城跨越了2300多年历史，见证了中华民族大融合、大发展的历史，创造了草原都市的文化符号。

《史记》《资治通鉴》记载，公元前390年前后，战国赵武侯筑云中城，这是内蒙古有文字记载的第一座城市。有"中国草原第一都"之称的"盛乐古城"靠近山西省右玉县。鲜卑族道武帝拓跋珪于386年建立北魏并建都盛乐（今呼和浩特市和林格尔西北)。398年，北魏王朝皇帝拓跋珪把都城南迁到平城(今山西大同)。尽管建都仅13年，但是，盛乐古城成为北魏统一黄河流域的重要城市。

有"草原商业第一城"之称的"丰州城"，历经辽、金、元三代，长达450余年，当时已有麻市巷、牛市巷、酪巷等街市。到了元代，成为中原通往漠北的重要驿站，有人口逾10万，《马可·波罗游记》中也记载了这座商贸重镇。丰州城遗址位于呼和浩特市赛罕区，建于辽太祖神册五年(920年)，城内现存有白塔，即万部华严经塔。"丰州城始建于辽神册五年(920年)，为辽天德军驻地，具有重要的交通和军事地位。丰州一带是典型的十字路口，从这里向东通往西京、中京和上京城，向南进入中原，向北越过阴山进入漠北，向西进入西夏和河西走廊乃至西域。辽代在这里设置州县和军事驻守机构，保障了边疆的稳固，也保证了草原丝绸之路的畅通，促进了经济文化交流和多民族融合。"[1] 元朝名臣刘秉忠在《过丰州》里面形象地描述了当时丰州城的繁荣景象：

> 山边弥弥水西流，夹路离离禾黍稠。
> 出塞入塞动千里，去年今年经两秋。
> 晴空高显寺中塔，晓日平明城上楼。
> 车马喧阗尘不到，吟鞭斜袅过丰州。

有"万里茶道草原第一城"之称的归化城，建于明万历年间，土默特俺答汗在丰州滩建"库库和屯"(今呼和浩特)，明廷赐名"归化城"。历经明代、清代，这里成为全国闻名的"驼城""召城""茶城"，成为"草原丝绸之路"和"万里茶道"草原段的起点城市。归化城也是"走西口"走出来的商业城市。明隆庆四年(1570年)，土默特阿勒坦汗与明廷议和，双方恢复和平互市，并于1581年兴建了归化城，允许商民定期进行交易，移民商业文化十分繁荣。

有"草原政治经济文化中心"之称的绥远城，位于现在的呼和浩特市新城

---

[1] 康建国. 历经千年的城市坐标[N]. 人民日报海外版, 2020-12-15(7).

将军衙署（摄影　宋和平）

区,是漠南军事重镇。建于清乾隆四年(1739年),清政府当时设立绥远城厅和绥远将军署衙,现存城墙和将军衙署,与归化城遥相呼应。乾隆六年(1741年)设归绥道,统管归化和绥远,并将驻山西右玉的八旗官兵携家眷移驻归绥。乾隆中后期,已是新旧两城相连,人口聚集,市场扩展,商贸发达,百业俱兴。"到了清末民初,呼和浩特已发展成为东通京津,西去新疆,南入中原,北达外蒙(今蒙古国),远涉俄国(今俄罗斯联邦)的塞外名城。"[1]

呼和浩特这5座古城有3个共同点:一是由各民族共同建造;二是建城以来都是内蒙古地区的政治、经济、文化中心;三是与中原城市的特点基本一致,既有草原风情,也有中原都市特征,见证了草原都市的历史烟云,丰富了灿烂的中华文化。

---

[1] 康建国. 历经千年的城市坐标[N]. 人民日报海外版. 2020-12-15(7).

第七章 "抱出"中华文化同心圆

将军衙署,被称为"漠南第一府"(摄影 宋和平)

草原都市的发展离不开中原各个城市的互动支持,或者说,草原都市与中原城市是同步发展的。明朝开"马市""民市"和"官市",推动了呼和浩特与张家口、大同、榆林、银川等城市同步发展。"明廷于15世纪中叶以后,在大同、宣府、开源以及宁夏、甘肃等沿边各镇,先后开设了'马市'"。"明万历元年(1573年)以后,又在土默特、鄂尔多斯的一些地方和宣府、大同、陕北、宁夏、甘肃等边镇总督巡抚各管辖境内设立定期民市,于每月15日后允许民间集中进行1~2天的交易,成为"月市"。"明万历年间,归化(今呼和浩特市旧城)、大同、宣府、张家口等城市,先后形成了商贾聚集市肆林立的边塞商埠"。[1]

---

[1] 内蒙古自治区地方志编纂委员会办公室. 内蒙古自治区志[M]. 呼和浩特:内蒙古人民出版社,1997.

长城拥抱黄河

中原城市与草原城市之间的商业交流，农业经济与游牧经济的融合，让黄河"几字弯"、长城沿线，还诞生了包头市、巴彦淖尔市、鄂尔多斯市、乌兰察布市及巴彦浩特等。"先有复盛公，后有包头城""先有万合隆，后有丰镇城""先有祥泰隆，后有定远营（今巴彦浩特市）""大盛魁是半个归化城"等，这些都证明了草原都市与中原城市同步发展的历史进程。

包头是蒙古语"包克图"的谐音，意为"有鹿的地方"，又称"鹿城"，是沟通草原游牧文化与中原农耕文化之间的交通要冲，沉淀了厚重的草原文明、农耕文明和"走西口"商业文明，是全国人民共同建成的"草原钢城""稀土之都"。公元前307年，赵武灵王在包头设九原县，秦设九原郡，西汉改称五原郡，使得包头与呼和浩特同时登上了中国历史舞台。明清时期，包头逐渐成为黄河水旱码头，并发展为内蒙古西部重要的中心城市。包头先后获得联合国人居

包头古城复原景观（摄影　宋和平）

奖、中国人居环境范例奖、国家森林城市、国家园林城市、国家卫生城市、第三届中华环境奖、全国水土保持与生态环境建设示范城市、中国优秀旅游城市等荣誉，城市知名度和影响力日益扩大。

巴彦淖尔，汉语意为"富饶的湖泊"，位于黄河"几字弯"顶端，是中国北疆安全稳定屏障的重要组成部分。巴彦淖尔历史悠久、文化底蕴深厚，黄河文化、农耕文化、草原文化在这里交融发展、传承积淀，留下了阴山岩刻、秦汉长城、鸡鹿塞等历史遗迹、遗址，演绎出蒙恬屯垦、昭君出塞、王同春开发河套水利等动人史话。这里的地形地貌可以概括为"一山两原、东林西沙、一河多湖"。"一山"指中部横贯东西的阴山山脉，矿产资源丰富。"两原"指阴山以北的乌拉特草原和阴山南麓的河套平原。"东林"指东部的乌拉山国家森林公园，是内蒙古中西部地区最大的国家级森林公园。"西沙"指西部的乌兰布和

鄂尔多斯市准格尔旗出土的盘角羊头形青铜饰件

长城拥抱黄河

金色乌海湖（摄影　宋和平）

沙区。"一河多湖"就是在黄河的带领下，境内有大小湖泊300多个，其中乌梁素海面积293平方千米，是这一地区黄河流域最大的湖泊、地球同纬度最大的湿地。

　　鄂尔多斯，汉语意为"众多的宫殿"，位于内蒙古西南部，西、北、东三面为黄河环绕，南临古长城，毗邻晋陕宁三省区。鄂尔多斯历史悠久，是人类文明的发祥地之一。早在 7 万年前，古河套人就在这里繁衍生息，创造了著名的河套文化。从夏商春秋至秦汉唐宋的几千年中，先后有数十个北方部落民族在这里游牧生活。明朝时期，鄂尔多斯部落从蒙古高原进驻鄂尔多斯地区。1649年，鄂尔多斯部落六旗会盟于达拉特旗的大庙王爱召，清政府在此设伊克昭盟（"伊克昭"为蒙古语，汉语意为"大庙"）。近现代以来，大量晋陕居民迁入鄂尔多斯，与当地人民一起生活劳作，形成了农耕文化、黄河文化与草原文化共同发展的现象。长河浩荡，大漠浩瀚，鄂尔多斯资源富集，煤炭、天然气探明储量分别占全国的1/6和1/3。

　　乌海市素有"黄河明珠"的美誉，三山环抱，黄河一水中流，民风淳厚，被誉为镶嵌在黄河金腰带上的一颗明珠。总面积118平方千米的乌海湖，北接水利枢纽大坝，西接乌兰布和沙漠，南接黄河乌海段上段河道，东临乌海市滨河景观带，远处还有甘德尔山脉，丰富的景观与平静如镜的湖水融为一体。各民族守望相助、团结奋斗，铸就了乌海开放包容、海纳百川的城市特质。水土光热条件得天独厚，是世界沙漠葡萄酒大赛永久举办地，被誉为"葡萄之乡"。乌海也是一座翰墨飘香的文化之城，书法文化底蕴深厚，被命名为首个"中国书法城"。

巴彦浩特也是一座草原小都市，历史遗存定远营古城，有"塞外小北京"之称。"阿拉善"是蒙古语，汉语意为"五彩斑斓"，即辽阔而多彩。巴彦浩特坐落于阿拉善左旗东南部，贺兰山西麓，是阿拉善盟的政治、经济、文化中心和对外联系门户，特色农畜产品加工基地，也是蒙西地区具有深厚文化积淀和丰富民族特色的文化名城。

黄河"几字弯"内有100余座古城遗址，大多数是全国重点文物保护单位。据统计，内蒙古黄河"几字弯"地区拥有全国重点文物保护单位62处，拥有自治区级重点文物保护单位272处。呼和浩特现有不可移动文物点1535处，共有全国重点文物保护单位21处、自治区级59处、盟市旗县级77处，这些文物古迹共同见证了草原都市的发展进程。

第四节

团结奋斗

黄河不屈不挠、勇往直前、奔向大海不复回的"精神状态"与"吃苦耐劳、一往无前、不达目的绝不罢休"的"蒙古马精神",异曲同工,一脉相承,都是中华民族团结奋斗精神的写照。

"以国家心为心,以百姓心为心,保家卫国同命运",这是长城的初心,"咬定青山不放松,千磨万击还坚劲",这是长城的使命担当。

修筑长城需要"自己动手、丰衣足食"。黄河奔流令"百川入河,千山让道"。这就是黄河、长城的奋斗精神。

时光是忠实的历史记录者,一滴水里观沧海,一粒沙中看世界,黄河每一道弯都庄严豪迈,长城的每一块砖都坚强勇敢。

长城明白,初心在胸中,使命在肩上,筚路蓝缕,披荆斩棘,勇毅前行,就有了一连串的万里长城永不倒。

黄河明白,大海是风向,前进是出路,矢志不渝,精神昂扬,攻坚克难,才练就天下黄河九十九道湾。

第七章 "抱出"中华文化同心圆

清水河县黄河老牛湾景区神牛广场雕塑（摄影 宋和平）

长城、黄河见证中国人凝心聚力、团结奋斗的磅礴力量。

黄河汇聚了千百条大河、小河、沟壑、泄洪渠之水，向心力极强；长城不仅凝结了汗水、智慧，而且团结起上千个关口、关隘、城堡及上万个烽火台、烽燧、墙体、壕、障、天险，谱写了中华民族团结奋斗的壮美诗篇。

"黄河百折不挠、一往无前、气吞山河的自然伟力，从来都是我们这个民族生生不息、绵延不绝的象征。"[1]

黄河，"她所孕育的团结、务实、开拓、拼搏、奉献的黄河精神，激励着一代又一代中华儿女百折不挠、自强不息，向着民族复兴的伟大梦想团结奋斗、拼搏奉献、开拓进取！"[2]

在中华文化的精神标识中，唯有黄河是天然的、古老的，生生不息的、勇往无前的。黄河水滋养了巍巍中华大地，孕育了中华民族。

---

[1] 韩子勇. 黄河：一部中华民族的伟大史诗［N］. 光明日报，2019-12-13（14）.

[2] 院秀琴. 中华根脉，文化源流［N］. 内蒙古日报，2021-04-19（6）.

长城拥抱黄河

长城历经2000多年数十代王朝奋斗修建，是多少古代劳动人民用血肉之躯在千山万壑、大漠戈壁上修建出来的伟大奇迹。

黄河、长城都有携手迈向更加广阔的星辰大海的英雄气概。

大河奔涌，浪潮澎湃，黄河之水横贯万里，滋养着长城南北，滋养着中华文明。

长城巍巍，山川耸立，长城之墙纵横万里，挺立起中华民族的脊梁。

文学作品中对黄河文化、黄河精神的描述更为形象。我国著名作家、媒体人梁衡先生曾写道："黄河博大宽厚，柔中有刚；挟而不服，压而不弯；不平则呼，遇强则抗；死地必生，勇往直前。正像一个人，经历了许多磨难便有了自己的个性；黄河被两岸的山、地下的石逼得忽上忽下、忽左忽右时，也就铸成了自己伟大的性格。"[1] "在中国人心里，黄河挟而不服、压而不弯、勇往直前，体现出中华民族百折不挠、自强不息、坚韧刚强的民族品格。"[2]

长城、黄河联手推动了各民族团结奋斗、守望相助的历史进程。

乌海湖畔夕阳映照下的岩画太阳神人像图标志（摄影　宋和平）

---

[1] 梁衡. 壶口瀑布［G］// 教育部. 部编版八年级语文下册. 北京：人民教育出版社，2017.

[2] 方莉. 课本里的黄河［N］. 光明日报，2019-10-20（10）.

第五节

开放包容

黄河、长城就是一个包罗万象的综合体。

长城积淀着中华民族博大精深、灿烂辉煌的历史文化内涵。在中华民族五千年的历史当中，农耕文明和游牧文明不断地交流、交融，在长城沿线形成了独具魅力的长城文化。这个文化是开放包容的。

黄河文化生来具有原创性、连续性、根源性、正统性、包容性等特点，包容了政治思想、宗法观念、礼乐制度，儒释道思想交相辉映，奠定了文明古国的大国风范。黄河文化以其浩大的格局、博大的气势、宽广的心胸，融汇古往今来，贯通东南西北，形成了一个富有包容性和开放性的文化系统。

长城文化生来具有先进性、前瞻性、群众性、参与性、开放性等特征，不仅吸纳了历朝历代的先进生产技术、先进理念，也吸纳了各个民族的文化精髓，更吸纳了丝绸之路沿线国家的技术和文化，形成了一个开放包容、多元一体的文化综合体。

黄河一路走来，包容千山万水；长城一路走来，整合千沟万壑。

长城拥抱黄河

从北京引进的丁香花扎根呼和浩特已经有200多年历史,成为呼和浩特市花,见证了开放包容的美丽青城

"黄河犹如一条缎带,以高原雪山融水为源头,在奔流入海过程中携带的大量泥沙,堆积形成了辽阔的华北平原。这一地理环境格局决定了中国早期文化相互影响的地域广阔性,族群、经济和聚落形态的多样性,交融互动过程中的开放性与包容性。从而,黄河赋予了中华民族与中华文明顽强坚韧、兼容并包和连绵持续的鲜明特征。"[1]

开放包容是黄河的特性,是黄河的本性,更是黄河"几字弯"的脾性。有道是:"一部黄河史,就是中华文明多民族文化融合的历史,独具特色。这些都沉淀在历史长河里,成为多民族交融的共同文化基因,也培育了中华文明对多样性的包容性品格。"[2]

"一部黄河文化史,蕴藏着开放、包容、持续的中华文明形成密码,体现了中华民族多元一体共同体形成的必然性与人类命运共同体发展的大势。"[3]

笔者在十几年前写过一篇论文《试论蒙商文化核心理念》,文中专门谈到蒙商文化的包容性和开放性。

"元朝的经济制度是开放的、包容的,造就了内蒙古商人的开放性和包容性。元朝实行海上贸易和陆地贸易开放的政策,国内贸易和国际贸易十分繁荣,

---

[1] 曹兵武. 中华民族的母亲河[N]. 人民日报海外版,2021-09-20(11).

[2] 鲍俊林. 黄河,中华民族一首读不完的诗篇[N]. 文汇读书周报,2020-11-27(3).

[3] 曹兵武. 中华民族的母亲河[N]. 人民日报海外版,2021-09-20(11).

第七章 "抱出"中华文化同心圆

集宁路出土的元代青花高足杯（摄影 蔺镇君）

集宁路出土的元代青花梨形执壶（摄影 蔺镇君）

中外交流频繁。元朝开放地吸收了海洋文化的元素，也吸收欧洲文明的先进因素。例如，世界闻名的元代青花瓷吸收了伊斯兰的文化元素。元朝打通了亚洲与欧洲的经济贸易通道，使东西方经济往来达到顶峰。巩固了海上丝绸之路、草原丝绸之路和陆地丝绸之路，由于商业的发展，催生了天津、上海、泉州等商业城市和港口，使杭州、元大都、元上都、天德城（今呼和浩特）的商业十分繁荣。在《马可·波罗游记》中有很多记载。人们常说，草原人胸怀宽广、豪爽，其实就是骨子里有种开放包容的性格。草原文化核心理念'践行开放'在蒙商身上体现得淋漓尽致。"[1]

---

[1] 宋和平. 试论蒙商文化核心理念［N］. 内蒙古晨报，2013-10-21.

第六节

商业文化

蒙商作为一个商业大团队，与晋商、鲁商、粤商、闽商等著名商帮一样，是我国经济史上特别重要的商团，只是人们往往把蒙商的光环贴在旅蒙商的标签上。旅蒙商对催生晋商、京商、直隶帮（冀商）、鲁商、陕商等商帮起到了巨大的作用，事实上，旅蒙商的一大半留在了内蒙古，变成了蒙商、新蒙商。

蒙商之"蒙"应该包括几个方面的地理历史与民族商业内涵。我们可以从地理区域、民族区域和行政区域上弄清楚蒙商的历史范围和概念定位。

蒙商就是内蒙古籍的商人，包括历史上的蒙商、旅蒙商和今天的新蒙商。

笔者认为，"胡商"应是蒙商的前身。"根据考古资料来看，殷商时期（公元前17世纪—公元前11世纪）游牧民族与中原的商品往来十分频繁，2300多年前，赵武灵王在呼和浩特、包头地区'胡服骑射'，进行军事政治改革，实际也是改革经济、衣服商品等。"《蒙古族经济发展史》一书认为，"游牧民族在久远的年代就具备了商品意识，商业交换逐渐成为游牧社会经济活动的重要组成部

第七章 "抱出"中华文化同心圆

呼和浩特市大盛魁——中俄蒙"万里茶道"遗址（摄影　宋和平）

分。"[1]

自汉唐以来，有了蒙古族的概念，特别是元朝以来，蒙商逐渐形成了气候，成为那个时期中国商团的主要代表，中原和南方商帮主要是在明朝形成的，与蒙商团队共同发展。

《辞海》第六版对"草原之路"作了解释。草原之路就是草原丝绸之路的简称，古代三大丝绸之路的干线之一。公元前后数千年内，主要由游牧民族在亚欧大陆北方草原地区相继开辟的无数条交通道之总称。其特点是分布极广、支线极多，繁荣程度不亚于绿洲之路。路线大致从中原地区分数路向北进入蒙古高原，

---

[1] 阿岩，乌恩. 蒙古族经济发展史[M]. 呼和浩特：远方出版社，1999：17.

抵达鄂尔浑河流域、贝加尔沿岸诸地；向西或可循今西伯利亚铁路沿线的森林地带直抵东欧；亦可越杭爱山，沿阿尔泰山西行，向南折入天山以北的草原；西经伊犁河、楚河、塔拉斯河、锡尔河诸河流域，抵咸海北岸；再向西至乌拉尔河、伏尔加河、顿河流域，前赴里海、亚速海及黑海的北岸地区；更往西去，可抵第聂伯河流域、维斯杜拉河流域，乃至多瑙河流域等地。沿着鄂尔齐斯河岸向北，有通往鄂木斯克等地的支线；锡尔河沿岸有东南至费尔干纳盆地、南至索格底亚那的支线；伏尔加河下游有北通卡马河流域、南达高加索地区的支线等。

明清以来，呼和浩特、张家口、大同等城市是在蒙商与中原商帮交易中形成的商业城市。历史记载，明代京、冀、晋、陕等长城地带与内蒙古至少有70余处马市，这对于蒙商与其他商帮的合作共赢有很大的推动作用。

明清时期，旅蒙商之路、张库大道及茶叶之路的开辟，使内蒙古和蒙商成为南方商帮、中原商帮的合作伙伴。旅蒙商留在了内蒙古、融入了内蒙古，也就变成了蒙商。

从商品经济角度看，长城是商品交易带。"据统计，明朝修建长城最为频繁的时期是隆庆年间，年均次数达4.3次。也恰恰是在这个时期，'隆庆和议'实现，'华夷兼利'的民族贸易市场普遍建立，其多分布在长城沿线重要的关口或军事堡垒附近，具有深远的现实意义与历史影响。"[1]

长城两边的安定团结与稳定持久的互市贸易相辅相成。1575年，宣镇、大同、山西三镇官市上的马匹交易量达3.4万多匹，比5年前马市初开时增长了近5倍，马价银亦是水涨船高。"1582年前后，张家口以西的七镇梭布销售量每年约在百万匹，这意味着总人口为30万的蒙古土默特、鄂尔多斯、喀喇沁三部平均每人所获梭布就有三匹。对此，《明神宗实录》中有这样的感叹：'俺答纳款，马市互易，边疆无警，畿辅晏然，汉唐以来所未有也。'到了明末，更是呈现'塞上物阜民安，商贾辐辏，无异于中原'的和谐氛围。"[2]

移民和商业意义上的"走西口"，就是从明朝长城设立的九边重镇的关口出

---

[1] 陈康令. 古代中国怎样开启早期全球化[N]. 解放日报，2022-11-08（20）.

[2] 陈康令. 古代中国怎样开启早期全球化[N]. 解放日报，2022-11-08（20）.

发，到内蒙古经商、农耕或游牧。

"走西口"一走就是600年，长城两边是故乡，也是市场。

"走西口"形成了带有移民性质的商业文化。"走西口"对晋陕地区人们的生活方式也产生了影响。"走西口"者为了耐寒爱穿老羊皮袄，现在的晋西北农村街头，仍能看到一些老人穿着这样的皮袄。晋西北人爱喝砖茶，煮砖茶时加点盐，大碗大碗喝烈性酒，大块大块吃牛羊肉，多是从西口之外的蒙古族那里习得的。

呼和浩特塞上老街一家商店有"绥远省"字样的秤砣（权杖）（摄影 宋和平）

明朝、清朝时期"走西口"的旅蒙商打开了近代呼和浩特大发展的历史大门，也让呼和浩特与张家口、大同等城市成为商业伙伴。

呼和浩特历史上就是驰名塞外的商城。东郊白塔村一带，辽代曾建立过丰州城，当时已有麻市巷、牛市巷、酪巷等街市。到了元代成为中原通往漠北的重要驿站，已有人口逾10万，元代名臣刘秉忠在《过丰州》诗中写过"车马喧阗尘不到"的名句。明隆庆五年（1571年），朝廷同意中原地区与呼和浩特地区进行互市，并"封授俺答王号（封俺答为顺义王）。俺答及各部首领准予入贡。开放边境城市，准民间往来贸易"。"边境战事停止，重现和平。商市开放后，商民往

包头市麻池古城（摄影　宋和平）

来贸易，城镇繁荣"。"后明朝册封俺答的夫人三娘子为'忠顺夫人'。"[1] 明隆庆四年（1570年），土默特阿勒坦汗与明廷议和，双方恢复和平互市，并于1581年兴建了归化城（蒙古语称"库库和屯"），成为官办马市并开设民市，允许各族商民定期进行交易，由此，大量中原人来到这里耕种或经商，呼和浩特也成为从北京去往西北卫特拉、漠北喀尔喀等蒙古诸部的商队往返线路的桥头堡，移民商业文化十分繁荣。

包头历史上有水旱码头之称，是连接西北与华北皮毛、牲畜、药材和粮食的主要集散地。"乾隆初期形成了西脑包市场，开始有了旅蒙商的活动。乾隆至道光年间，旅蒙商形成了当时'九行十六社'中的蒙古行。"[2]

清朝时期，"走西口"移民与旅蒙商商业活动实现了呼和浩特与中原城市的经济文化一体化发展，茶马互市、丝绸外贸大通道彻底打开。到了清朝康熙年

---

[1] 蔡美彪. 中华史纲[M]. 北京：社会科学文献出版社，2012.

[2] 内蒙古自治区地方志编纂委员会办公室. 内蒙古自治区志[M]. 呼和浩特：内蒙古人民出版社，1998：41.

第七章 "抱出"中华文化同心圆

清水河县红门口马市遗址（摄影 王东麟）

间，万里茶道更盛，茶马贸易经过张家口、杀虎口进入草原的第一座"茶城"就是呼和浩特市，当时叫归化、归绥。

长城从军事上讲"是界限、是屏障，有战马嘶鸣、铁血捍卫，但同时也是通道、是纽带，雄关挡不住融合的脚步，穿行在'三关'之间的也有驼铃声声，贸易繁荣"。"明朝时'偏头关'下红门口马市人嘶马喧、人来车往、帐篷遍布、胡汉杂处的热闹景象，那些香料、茶、盐、瓷器、布匹、漆器，正和金、银、铜、锡、羊、马、驼、毛皮、马尾打得火热……"[1]

我国著名学者葛剑雄认为，"到了近代，成百上千万的内地移民'闯关

---

[1] 郭奔胜. 畅读忻州："关山"不远[J/OL]. 2022-10-09.

东''走西口',渡台湾,迁新疆,开发和巩固了祖国的边疆"[1]。

黄河"几字弯"的移民商业文化另一个显著的特点就是培育了晋商、陕商。明清以来,山西人、陕西人到内蒙古黄河两岸当短工、长工,或者成为雁行客、旅蒙商,一步步发展成为闻名世界的晋商、陕商,成就了黄河"几字弯"的商业文化。清代山西、陕西北部许多农民"走西口",到口外开垦,主要目的地就是黄河"几字弯"地区,为这里注入了丰富多彩的中原文化。

---

[1] 葛剑雄. 黄河：中华民族的魂,中华民族的根[N]. 光明日报,2022-04-06(11).

第七节

和亲共荣

说起和亲，自然会想到王昭君，被李白叹为"明妃一朝西入胡，胡中美女多羞死"，缔结一段胡汉和亲的姻缘，留下美貌惊落雁的传说。事实上，西汉前期，汉与匈奴共10次和亲，都是在黄河、长城的见证下实现的千古姻缘。

昭君出塞跨越了黄河及战国秦长城与阴山上的赵长城、秦汉长城，在黄河、长城之间画出一条和亲通道。

昭君出塞是在汉竟宁元年（公元前33年）。汉元帝以后宫良家女王嫱（字昭君）赐给匈奴单于为妻。单于上书"愿保塞上谷（今河北境内）以西至敦煌，传之无穷。请罢边备吏卒，以休天子人民"[1]。呼韩邪单于娶昭君为妻，封为"宁胡阏氏"。颜师古曰："言胡得之，国以安宁也。"至此，边陲长无兵革之争。著名历史学家范文澜先生在《中国通史》中论述道："汉宣帝时，匈奴统治阶级内部发生严重的纷争，五个单于争夺统治权，最后呼韩邪与郅支两个单于据地对抗，公元前52年，呼韩邪单于降汉，愿为汉防守阴山，公元前36年，汉西域副都

---

[1] 班固. 汉书·匈奴传下[M]. 北京：中华书局, 2007.

昭君教匈奴妇女纺纱织布雕塑作品（摄影　蔺镇君）

护陈汤在康居击杀郅支单于，呼韩邪单于复得匈奴全部土地。从此匈奴亲汉，不再南侵。此后六七十年间，汉北部边境呈现了边城晏（晚）闭，牛马布野的和平之象。"

根据《汉书》记载和秦直道在汉朝使用的情况以及在包头市黄河北岸召湾汉墓群出土的"单于和亲"瓦当来看，昭君出塞的路线就是咸阳、榆林、鄂尔多斯、包头的秦直道，然后，走西北方向巴彦淖尔市的鸡鹿塞到草原。至于说自长安经太原、杀虎口、定襄、云中、九原而至汉受降城的线路，虽然有可能，但是，路途遥远、绕路千里，舍近求远，值得商榷。

和亲既是政治联合、民族融合、民族认同的实际行动，也是文化交流、求同存异的自愿选择。出土的"单于和亲"文字瓦当凝结着这段历史，是极为珍贵的实物见证。

事实上,在黄河两岸、长城两边,对中国统一、中华民族大融合作出巨大贡献的还有隋文帝义成公主和亲和成吉思汗三女儿阿剌海别吉和亲。

隋朝结束了秦汉之后近400年的国家分裂状况,为了巩固国家统一,也实行了和亲政策。

义成公主和亲发生在隋朝建立初期。隋朝为了巩固北疆,让阴山南北的突厥汗国保持安定,"隋文帝杨坚将宗室女义成公主嫁给染干,并封染干为'意利珍豆启民可汗',简称'启民可汗'。587年,隋朝方面为启民可汗筑大利城(今呼和浩特市清水河县),以安置'启民可汗所率的突厥部众'。后因都蓝可汗不断侵扰,遂于599年将启民可汗部众迁到黄河以南(今鄂尔多斯地区)。在此期间,隋朝曾派大军攻击都蓝可汗。都蓝死,突厥部众纷纷南投启民可汗。隋朝又为启民可汗筑金河(今内蒙古托克托县的哈拉板升)和定襄(今山西大同城南)

"单于和亲"瓦当(摄影 蔺镇君)

"单于天降"瓦当(摄影 蔺镇君)

长城拥抱黄河

监国公主印章出土地——武川县东土城村（摄影　宋和平）

两城。601年，启民可汗随同隋军一道北征，他的势力又向北发展。"[1]

隋文帝义成公主和亲为后来的唐朝统一中国、巩固北疆作出了历史性贡献。

成吉思汗三女儿阿刺海别吉是著名的监国公主。阿刺海别吉大多数时间就在赵长城、秦汉长城、金长城的核心地带居住、办公，参与治国理政，也就是今天包头市达茂旗的赵王城遗址。"1974年在武川县五家村征集到铜印一方。印近正方形，长10.8厘米，宽10.7厘米，通纽高6.3厘米，体厚约1厘米，重2.8斤，黄铜质。印背面有台级一层，长方形直纽，顶端刻一'上'字，下凿刻一'王'字。印文为阳刻篆体九叠文，三行十四字，为'监国公主行宣差河北都总管之印'。印的正中有畏兀儿蒙古文两行，体式很特别、古朴。"[2]

这枚监国公主铜印揭开了监国公主阿刺海别吉之谜。

根据《元史》记载，成吉思汗在出征西域的时候，三女儿阿刺海别吉被任

---

[1] 杨道尔吉. 内蒙古历史文化图文版[M]. 北京：民族出版社，2011：150—151.

[2] 丁学芸. 监国公主铜印与汪古部遗存[J]. 内蒙古文物考古，1984，3.

第七章 "抱出"中华文化同心圆

命为监国公主,《元史》评价:"公主明睿有智略,车驾征伐四出,尝使留守,军国大政,咨禀而后行,师出无内顾之忧,公主之力居多。"成吉思汗病逝后,阿剌海别吉仍履行监国公主的职权。"1204年,铁木真为了联合汪古部打击乃蛮部,将他心爱的三女儿阿剌海别吉嫁给汪古部首领的儿子。结成亲家后,汪古部首领和铁木真同心协力,灭掉了乃蛮部。蒙古各部落统一,铁木真成为全蒙古的大汗成吉思汗。""成吉思汗率大军出征之时,将事务都交给受他信任的木华黎管理。与此同时,他任命三女儿阿剌海别吉为监国公主,木华黎所做的一切决策,都必须与监国公主商议,并经监国公主的许可,方能实施。"[1]

监国公主印　内蒙古博物院藏(摄影　蔺镇君)

汪古部是居于阴山的部落,成吉思汗通过和亲的方式,使得阴山汪古部成为蒙古族的"驸马部落",为元朝统一中国作出贡献。

除了成吉思汗三女儿阿剌海别吉和亲之外,元朝时期,包括忽必烈的女儿、孙女在内,与汪古部和亲五六次,终元一代,赵王城成为"驸马城",维护了中国北疆的稳定。

蒙古族部落之间的和亲,使得阴山汪古部纳入中央政府,保持了阴山地区数百年的平安、稳定,为祖国统一、各民族交往交流交融作出了特殊贡献。

---

[1] 杨道尔吉. 内蒙古历史文化图文版[M]. 北京:民族出版社,2011:230.

第八节

非遗融通

黄河不仅是一条自然河流,更是一条非物质文化遗产之河,是中华民族的精神遗产。长城不仅仅是一座伟大的建筑,更是非物质文化遗产的孵化器。

二人台是国家级非物质文化遗产代表性项目,也是蒙、晋、陕、冀、甘等省区"共享"的非遗代表性项目。二人台诞生在蒙、晋、陕、冀、甘等省区的接壤处和"走西口"的目的地,主要发祥地是包头市土右旗和山西省河曲县,都在黄河边,同在长城下。

二人台融纳蒙古族、汉族文化。二人台《走西口》反映山西人来内蒙古"走西口"的故事,从内容到形式都体现了口里与口外的风情。二人台《打金钱》是传统戏中的经典剧目,也是二人台"带鞭戏"类别当中具有代表性的剧目,体现了汉族的歌舞与蒙古族的艺术,载歌载舞,十分喜庆,娱乐感强。

黄河"几字弯"的非遗民俗文化是中原文化与草原文化全面融合的综合体,有信天游、二人台、花儿、爬山调、漫瀚调、晋剧、蒙古族短调等国家级的非遗音乐,成为铸牢中华民族共同体意识的重要符号。信天游、花儿等唱词里有蒙古

第七章 "抱出"中华文化同心圆

清水河县黑矾沟明清磁窑,这里诞生了清水河非遗陶瓷制作技艺(摄影 宋和平)

语,蒙古族长调、短调民歌中也有中原音乐的元素。呼和浩特拥有国家级非遗代表性项目7个,自治区级项目67个,有国家级非遗代表性传承人4人,自治区级传承人83人。

黄河流域非物质文化遗产十分丰富,是铸牢中华民族共同体意识的历史见证,像脑阁、秧歌、骡驮轿、古瓷窑制作、布艺、剪纸等100多种非物质文化遗产,彰显长城、黄河民俗文化魅力,成为中原文化、草原文化、黄河文化、长城文化等融汇于一体的特色文化区域。

在非遗美食方面,融通性更强。清水河县、托县及准格尔旗的米醋、果丹

踢鼓秧歌（摄影　王东麟）

皮、抿豆面、荞面圪团、榨油、酸米饭、油炸糕、粉汤、黄河炖鱼、莜面、烧卖等，都是中原文化与草原文化深度融合的非物质文化遗产项目。"莜面、炸糕、腌菜等典型的山西饮食在内蒙古西部地区已经成为特色食品。饸饹面、焙子等面食既是山西面食的传统，也是草原商路上的特色，方便快捷，特别是焙子能长期存放，成为远行客商的干粮。烧卖、羊杂这些正是多民族饮食习俗与地方物产相结合的典型，成为文化交融的例证，而这一切都与黄河有着千丝万缕、不可分割的联系。"[1]

以非遗美食酸粥为例，黄河边、长城下，蒙、晋、陕的老百姓口味相同。"酸粥的发源地在口里，尤以河曲最为出名，当地县志有最早的酸粥记载，因

---

[1] 康建国. 黄河"几"字弯上的交融史［N］. 内蒙古日报，2021-05-11（7）.

此,河曲人一直引以为豪。明清时期,随着'走西口'大军的出现,最早跑口外的先辈把吃酸饭的餐饮习惯传到了口外,酸粥、酸捞饭就是酸饭中的代表。"[1]

如今,内蒙古的清水河县、准格尔旗与山西省的偏关县、河曲县及陕西府谷县的酸粥、酸米饭的做法、吃法基本都一样,在夏天,酸米汤成为消暑下火的好饮料。黄河岸边的谚语"酸不过的浆米罐子,亲不过的老婆汉子",用赋比兴的方式比喻夫妻关系融洽。准格尔旗有"捞不成捞饭焖成粥,合不成两口子交朋友""想亲亲想成个糊涂蛋,搬枕头抱住个浆米罐。想亲亲抱住浆米罐,闻一闻味气老寡酸。死气捞饭酸米汤,快把那伤心事一肚肚装"的漫瀚调唱词,颇具地方风味。

非遗融通丰富了老百姓的日常生活,留住了黄河两岸、长城南北的浓浓乡愁。

---

[1] 杜洪涛. 准格尔的"酸味"[N]. 内蒙古日报,2022-11-07(6).

第九节

绿色生态

黄河拥抱绿色长城，绿色黄河拥抱黄土高原，这是如今黄河与长城的显著变化。

黄河、长城边的人们自古就热爱绿色、追求绿色。

在黄河、长城边，大量的民歌中有栽树和绿化自然的唱词。

有一首漫瀚调《大河畔上栽柳树》就把爱情和生态用赋比兴的手法糅合在了一起。

> 大河畔上栽柳树，
> 栽不好柳树不好住。
> 大河畔上柳树叶叶长，
> 咱姊妹二人好乘凉。
> 杨树叶叶长来柳树叶叶短，
> 小妹妹唱山曲能给哥哥解心宽。

第七章 "抱出"中华文化同心圆

绿色黄河（摄影 诺敏·何）

杨树树高来柳树树低，
面对面站下个小妹妹。
一把拉住小妹妹的手，
浑身上下看不够。
面对面站下看不够，
咱二人相好就像胶粘住。
回水湾湾千层层冰，
什么人留下个人想人。

　　这首漫瀚调,看似爱情小曲,实质上反映了黄河畔上栽树的重要性。像这样的生态歌曲还有很多,表达了黄河人家对绿色生态的追求和尊重自然的意识。

　　千百年来,生活在黄河"几字弯"的人们在沙漠、草原、平原、山地上,书写着绿色故事,产生了一代又一代的绿色英雄。

　　热爱黄河、保护母亲河、绿化黄河岸,始终是这里的主旋律。这一带遍布黄河湿地公园和湖泊,见证了生态文明的发展历程。包头市建立了黄河谣工匠博物馆,巴彦淖尔市建立了河套水利博物馆,人们以此更好地传承黄河文化、讲好黄河故事。

　　内蒙古黄河流域7个盟市荒漠化土地面积5.49亿亩,占全区荒漠化土地面积的60.1%,是全国荒漠化和沙化土地最为集中、危害最为严重的区域之一。经过多少年的奋斗,内蒙古黄河流域7个盟市的荒漠化治理取得巨大成就。如今,库布其沙漠已经成为世界上唯一被整体治理的沙漠。"在黄河'几字弯'内,内蒙

绿满长城岸（摄影 王东麟）

古自治区鄂尔多斯高原上横卧着中国第七大沙漠——库布其沙漠。过去，这里植被稀少、风沙肆虐，流动沙丘超过60%"。"为了治沙，当地开始广泛种植易成活、生长快的沙柳、羊柴、柠条等灌木。每隔3~5年，还要为这些灌木平茬复壮，以防树木枯死。一系列创新的治沙技术投入应用，微创气流法植树技术、风向数据法造林技术、'三耐'种质资源培育技术等，使得治沙效率得到极大提升。当前，库布其沙漠治理面积达6000多平方公里，绿化面积达3200多平方公里，成为世界上唯一被整体治理的沙漠。沙漠里形成连片成带的绿洲，耕地牧场再不受流沙侵袭。"[1]

黄河"几字弯"的三大沙漠——库布其沙漠、乌兰布和沙漠、毛乌素沙地的生态变化就是"生态优先、绿色发展"的生动实践。

多年来，内蒙古以自然恢复为主，统筹山、水、林、田、湖、草、沙系统

[1] 李贞. 十年树木，中国绘就绿色画卷［N］. 人民日报海外版，2022-04-06（5）.

长城拥抱黄河

绿色黄河（摄影　宋和平）

治理，落实沙化土地封禁保护制度，团结全社会力量参与防沙治沙，持续治理库布其沙漠、乌兰布和沙漠、毛乌素沙地，减少入黄泥沙。宜林则林、宜草则草，实施黄河流域国土绿化行动，建设沿黄生态廊道。明长城身边的毛乌素沙地治理率达到70%；库布其沙漠植被覆盖率达到53%，其治理模式被联合国确定为"全球沙漠生态经济示范区"，获得联合国环境奖；乌兰布和沙漠西南缘建起长110千米、宽3～15千米的防风阻沙林带，林草覆盖度由2000年的5%提高到现在的50%，有效遏制了乌兰布和沙漠东移南进。乌梁素海流域、乌兰布和沙漠治理区被命名为全国"绿水青山就是金山银山"实践创新基地。

内蒙古与陕西交界的明长城脚下，流经鄂尔多斯与陕西榆林市的无定河，历史上沙化严重，如今，随着毛乌素沙地的整体绿化，无定河已经成为绿色河，显示了生活在黄河"几字弯"的人们下决心创造绿色家园、谱写绿色生态赞歌的决心。"无定河是黄河中游右岸的一条支流，发源于陕西北部的白于山北麓，流经内蒙古伊克昭盟（现为鄂尔多斯市）乌审旗，流向东北，后转向东流，于陕西

第七章 "抱出"中华文化同心圆

准格尔旗逐渐变绿的沙地（摄影 蔺镇君）

清涧县河口村注入黄河，全长491.2千米。无定河流域地处黄土高原北部和毛乌素沙地边缘，水土流失严重，河水含沙量大，平均每年输入黄河的泥沙达2.23亿吨。秦汉时期，无定河流域还是一片森林茂密、水草丰盛的宝地，农牧生产都十分发达。'无定河'这个名称最早于唐代中叶出现在历史文献中。这是由于河水中带有大量泥沙，逐渐沉淀于河床，使河流经常决口改道，难以稳定，故称'无定'。两岸的地形地貌逐渐形成了风沙滩地、丘陵沟壑，呈现出一派荒凉景象。唐朝诗人陈陶的《陇西行》曾写道：'誓扫匈奴不顾身，五千貂锦丧胡尘。可怜无定河边骨，犹是春闺梦里人。'"[1]

据了解，2019年以来，内蒙古黄河"几字弯"流域水生态环境保护治理力

---

[1] 马利琴. 长江黄河[M]. 合肥：黄山书社，2016：94—95.

度不断加大。其中，累计向乌梁素海、岱海、泊江海等重点湖泊补水18.65亿立方米，利用凌汛水向沿黄生态脆弱区实施应急生态补水4.94亿立方米，有力促进了重要湖泊、区域的生态改善。在全流域累计解决各类涉河湖违法违规问题3903个，助力河湖面貌和水环境质量不断提升。

　　黄河、长城带领沙漠、沙地高唱绿色进行曲，谱写了绿色生态的时代赞歌。

第八章

黄河长城联手创造的文化符号

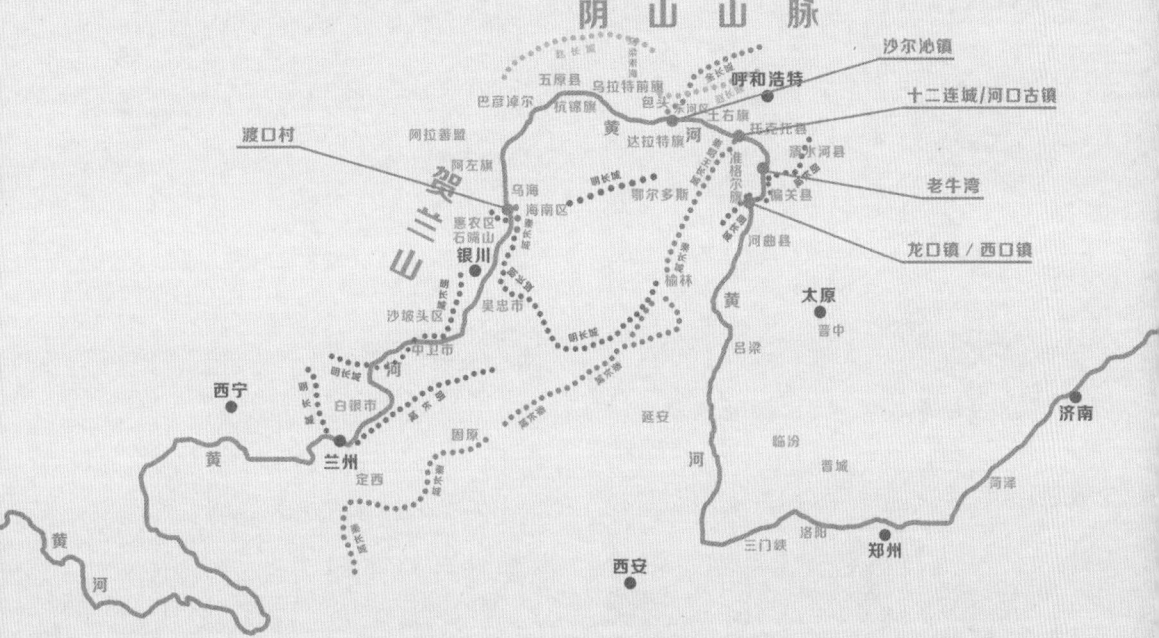

- 内蒙古有文字记载的第一座城市——云中城
- 中国第一条"高速公路"——秦直道
- 北魏建立的第一个都城——盛乐
- 湮没于历史中的君子津浮桥
- 流传甚广的民歌——《敕勒歌》
- "中国第一松"——准格尔旗油松王
- 黄河上的千年古渡——河口古渡
- 亚洲最大的一首制自流引水灌区——河套灌区
- 黄河会盟文化的标志之一——王爱召
- 遍布长城的阴山山脉

每一滴黄河水，都是一个人文故事。每一块长城砖，都是一段难忘的历史情。

黄河、长城自古就是善于创造故事的名家，它们带领中华儿女，在黄河"几字弯"、阴山脚下，创造了多少精彩的地理故事、历史故事、名人故事、文化故事，让多少英雄豪杰对黄河、长城肃然起敬。

多少帝王将相、英雄豪杰，在黄河两岸、长城南北，写下属于自己的故事。

第一节

内蒙古有文字记载的第一座城市——云中城

赵国在呼和浩特修筑赵长城的同时,也修建了一座城市——云中城。这是内蒙古有文字记载的第一座城市,呼和浩特从此登上了中国历史舞台。

云中城就在黄河的一级支流大黑河的旁边,距离黄河二三十千米。

云中城作为黄河流域的古城,有一个显著的特点:与中国最古老的长城一起登上历史舞台。

著名历史学家翦伯赞在《内蒙访古》中对呼和浩特的"一段最古的长城"做过精确描述:"早在战国时,大青山南麓,沿黄河北岸的一片原野就是赵国和胡人争夺的焦点。在争夺战中,赵武灵王击败了胡人,占领了这个平原,并且在其北边的国境线上筑起了一条长城,堵住了胡人进入这个平原的道路。据《史记·匈奴列传》所载,赵国的长城东起于代(今河北宣化境内),中间经过山西北部,西北折入阴山,至高阙(今乌拉山与狼山之间的缺口)为止。现在有一段古长城遗址,断续绵亘于大青山、乌拉山、狼山靠南边的山顶上,东西长达

托克托县云中郡故城（摄影　宋和平）

二百六十余里，按其部位来说，这段古长城正是赵长城遗址。"[1]

《史记》《资治通鉴》中记载，云中城建于公元前375年左右（一说公元前390年）。按照这个记载，云中城在先，赵长城在后，但都是战国时期的杰作。战国赵武侯筑云中城，后被赵武灵王、秦始皇及汉朝、隋唐沿用。《史记·赵世家》载，公元前300年，赵武灵王"攘地北至燕、代，西至云中、九原"，还"北破林胡、楼烦。筑长城，自代并阴山下，至高阙为塞，而置云中、雁门、代郡"。秦统一中国后，在全国设36郡，云中郡是36郡之一。云中郡历经战国、秦、汉、隋、唐，沿用了900多年，始终是黄河"几字弯"的一座中心城市。

[1] 翦伯赞. 内蒙访古[N]. 人民日报，1961-12-13.

第八章　黄河长城联手创造的文化符号

"'云中城'是内蒙古自治区有文字记载历史最早、建造规模最大的古城。两汉时期这里又是汉与匈奴相争的前沿阵地，这里更是北魏鲜卑拓跋一族的发祥地。"[1]

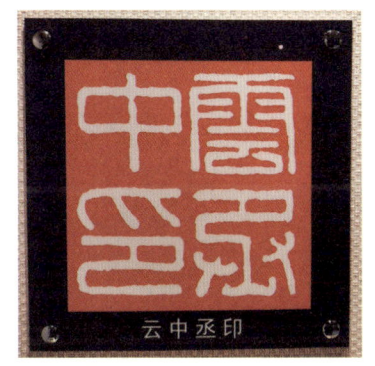

云中丞印（托县博物馆图）

云中城也是经济贸易中心。1996年5月6日，考古人员在城址西墙外约50米处发现了战国窖藏刀币、布币。刀币有燕国的"郾"字刀，即"明"字刀，有赵国的"邯郸"和"帛货"，即"白人"刀；布币有赵国早期的耸肩尖足大布。这些出土的古钱币大多收藏在托克托县博物馆里。"两汉时期，云中郡被划分为云中郡和定襄郡，云中古城发展到了鼎盛时期。西汉时云中郡增到38330户，人口达173270人，郡属之县由秦代的2个发展到11个，成为北方地区政治、经济和军事中心。"[2] 1985年《内蒙古金融》钱币增刊上曾经刊出过《云中城遗址出土的铜钱》一文，文中这样描述："随钱币出土的碳精虎饰件和一枚南朝'四铢钱'都与建筑物时代相符，所以，认定该窖藏应为北魏遗物。"

战国赵武侯建云中城还有一个美丽的传说。南宋胡三省在注释《资治通鉴》的释文里说："虞氏记云，赵武侯自五原河曲筑长城，东至阴山。又于五原河西造一大城，其一箱（城墙）崩（倒塌）不就（无法成功），乃改卜阴山河曲（只好到阴山河岸另选城）而祷（祈祷）焉，昼（天空）见群鹄（一群天鹅）游于'云中'，徘徊经日（多时），见火光在其下（在天鹅下面还闪烁着明亮的光辉）。赵武侯曰：'此为我乎！'乃即其处筑城，今云中故城是也。"

因此，今天的云中城遗址所在地的托克托县有"天鹅之城"的说法。每年春季及晚秋，有数万只天鹅云集此地。

---

[1] 章奎，李倩. 内蒙古日报［N］. 2013-11-18（12）.

[2] 章奎，李倩. 内蒙古日报［N］. 2013-11-18（12）.

第二节

中国第一条"高速公路"——秦直道

当今世界人们出行离不开高速公路，岂不知，中国第一条"高速公路"是在2000多年前的秦朝修建而成的，名叫秦直道。尽管秦直道不及秦长城雄伟，但也是我国古代伟大的工程之一。

《史记》记载秦直道"道九原，抵云阳，堑山堙谷，直通之"。

秦直道修筑于公元前212年，秦始皇命令蒙恬监修直道，起于咸阳，经鄂尔多斯高原，在黄河南岸附近到达九原（今包头市麻池古城），全长700多千米，路面最宽处约60米，一般有20米，南北直向，是当时陕西咸阳到内蒙古九原郡最为便捷、快速的道路。

秦直道的修筑促进了中原农耕文化与草原游牧文化的交流与融合，串起了黄土高原、内蒙古草原，既为执政者增强了军事防御能力，为拓展疆域提供了有力保障，也为帝王将相和老百姓游山玩水提供了便利条件。

汉代时，秦直道是联通黄河"几字弯"的重要大通道，经过秦直道也可通行全国。按照《中国历史地图集》中的线路，当时，由云中（今呼和浩特市）通

秦直道过黄河之地——黄河北魏古码头金津渡口（摄影　宋和平）

张掖（甘肃）路有三：（一是）自云中经九原，沿黄河畔，经今临河至金城郡转西北沿弱水河畔至张掖，抵玉门入天山南路；（二是）或自九原沿秦直道至上郡（今陕西榆林市），经北地郡、陇西，西北行至张掖，入前道；（三是）自云中君子津渡黄河西行经榆林、上郡、北地、陇西入前道至张掖，此路较前路近数百里。[1]

这些道路中，秦直道居于中间，串通陆路、水路，接通南路、北路。

历史上，汉孝文帝刘恒是秦代以后最早驱车走过秦直道的汉代皇帝。《史记·孝文本纪》记载："三年（公元前177年）五月，匈奴入北地，居河南为寇。帝初幸甘泉。"这时，被蒙恬赶到阴山以北的匈奴又杀回到河套地区。六月，"辛卯，帝自甘泉之高奴，因幸太原，见故群臣，皆赐之"。高奴在今延安一带，孝文帝从林光宫到延安走的就是秦直道。到了西汉时，秦直道发挥了更加重要的作用。据《史记·孝武本纪》记载，武帝在元封元年（公元前110年）

---

[1] 颜景良. 呼和浩特交通志［M］. 北京：人民交通出版社，1997：40—41.

的一则巡边诏令中说:"朕将巡边陲,择兵振旅,躬秉武节,置十二部将军,亲率师焉。行自云阳,北历上郡、西河、五原,出长城,北登单于台,至朔方,临北河。勒兵十八万骑,旌旗经千余里,威振匈奴……"这里边的"五原"在黄河北,"北河"就是阴山脚下的黄河故道,"出长城"中的长城应当包括战国秦长城、赵长城和秦汉长城。

历史上,昭君出塞也是走的秦直道。汉元帝时,王昭君远嫁匈奴,从长安出发,经秦直道北行。至今直道沿线内蒙古境内还有昭君墓,沿途还有许多关于王昭君的美丽传说。

后来,三国时期的蔡文姬嫁匈奴右贤王为阏氏,曹操率50万大军沿秦直道前往匈奴边界迎接蔡文姬归汉,走的都是秦直道。据考证,一直到明代,秦直道仍是一条通途,后来大漠变迁,明长城被阻断,直到清朝初年渐趋湮塞。据乾隆《正宁县志》记载:"此路一往康庄,修整之则可通车辙。明时以其道直抵银、夏,故商贾经行。今则塘汛废弛,通衢化为榛莽。"如今,秦直道已湮没在了历史的烟云之中。

内蒙古昭君博物馆的昭君和亲雕塑(摄影 王东麟)

第八章　黄河长城联手创造的文化符号

第三节

北魏建立的第一个都城——盛乐

盛乐古都遗址位于呼和浩特市和林格尔县，因为是北魏建立的第一个都城。

北魏是我国第一个少数民族入主中原的政权。"鲜卑族道武帝拓跋珪于386年建立北魏，并建都盛乐（今内蒙古呼和浩特市和林格尔西北）。"[1]北魏的建国者拥有雄才大略，后逐渐迁都中原。398年，北魏王朝皇帝拓跋珪把都城南迁到平城（今山西省大同市）。

盛乐城在唐朝为单于都护府，是黄河上游的重要城市，也是向南连接中原、向北连接草原、向西连接大漠的经济中心。它一直是中原与草原进行政治、经济、军事活动的枢纽城市。唐朝，盛乐的商业地位很重要，也是通过白道川向北到今二连浩特、满洲里再到俄罗斯、蒙古地区的商业大通道，即草原丝绸之路的延伸与发展。同时，它通过河套地区与沙漠绿洲丝绸之路相连。

1980年7月30日，呼伦贝尔盟（市）文物工作者在大兴安岭北部的嘎仙洞内

---

[1] 中国社会科学院历史研究所. 简明中国历史读本［M］. 北京：中国社会科学出版社，2012：192.

发现了北魏太平真君四年（443年）石刻祝文，证明嘎仙洞就是中国古代文献所记载的北魏拓跋鲜卑祖先居住的石室旧墟。嘎仙洞位于大兴安岭北段的一条山谷之中，地处呼伦贝尔市鄂伦春自治旗境内。嘎仙洞为天然花岗岩山洞，洞口略呈三角形。洞内宏伟宽阔有如大厅，南北长近百米，东西宽20～30米，穹顶高大，面积2000多平方米，可容纳数千人。洞内大部分地面较为平坦，可分为前厅、大厅、高厅、后厅4个部分。前厅西侧距洞口15米处的洞壁上，有一稍经修凿的扇形平面，高2.3米，宽约4米，石刻祝文即镌刻于此。祝文为汉字隶书，首行有"太平真君四年癸未岁七月廿五日"等字，共19行201字，字体古朴雄健，大部清晰可辨。我国历史文献《魏书·礼志》很早就有关于拓跋鲜卑祖先这个石室旧墟的记载："魏先之居幽都也，凿石为祖宗之庙于乌洛侯国西北。""乌洛侯国，在地豆于之北……世祖真君四年（443年）来朝，称其国西北有国家先帝旧

呼和浩特市和林格尔县盛乐博物馆（摄影　宋和平）

鲜卑陶器　盛乐博物馆展品（摄影　赵鹏）

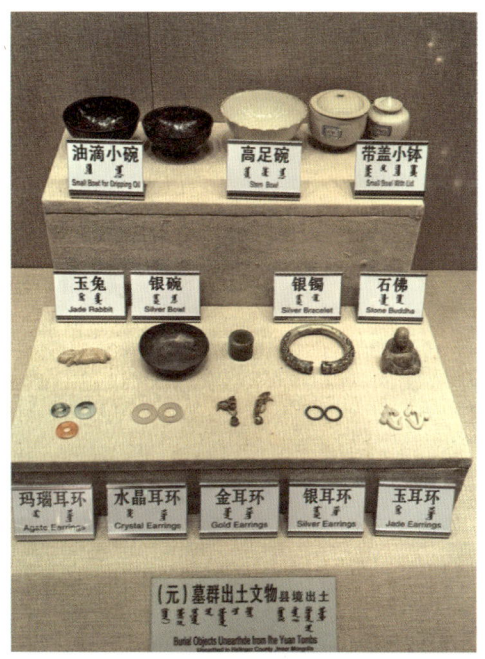

墓群出土文物　盛乐博物馆展品（摄影　赵鹏）

墟，石室南北九十步，东西四十步，高七十尺。""世祖遣中书侍郎李敞告祭焉，刊祝文于室之壁而还。"

嘎仙洞石室的发现，揭开了鲜卑的千古之谜，也为相关诸部族如乌洛侯、地豆于等居地及幽都、大鲜卑山等山川地理位置，提供了客观的准确坐标。这是迄今已知在我国北部边疆民族地区有文献确切可考的极为罕见的古代民族遗迹，是国家极其珍贵的历史文物。

如今，和林格尔县盛乐博物馆陈列了北魏北都盛乐城及鲜卑族的发展史，记载了拓跋鲜卑走出嘎仙洞、南迁定都盛乐的历史。拓跋鲜卑在和林格尔县"二度建国，三筑都城"，历经14帝140年的辉煌历史，再现鲜卑民族生产、生活及征战的场面，是一座以展示鲜卑历史文化为主的博物馆，旁边即盛乐古都遗址。

该博物馆浓缩了盛乐的历史印记。

第四节

湮没于历史中的君子津浮桥

秦、汉、三国、西晋乃至南北朝,黄河上游、中游水运有了一定的发展。位于呼和浩特市托克托县、清水河县一带的君子津渡口自古以来就是沟通西北与中原的水陆码头。

"东汉桓帝时(150年左右),自长安到榆中(今鄂尔多斯市)巡视,而东巡渡'君子津'至云中而抵碣石(今河北境内)。"[1] 东汉桓帝时渡黄河也只能乘船,在黄河上架桥则是北魏时期的事了。

在黄河上架桥加快了北魏统一黄河流域的进程。"北魏始光三年(426年)冬,太武帝(拓跋焘)亲自到云中君子津(今喇嘛湾)视察,四年(427年)下诏,建君子津桥(《魏书·世祖纪》)。其路线是自平城(今山西大同),经盛乐至云中君子津渡黄河,西南经夏州(今陕西靖边县红柳河畔白城子),沿红柳河畔经长泽、大兴郡(今定边县)、薄骨律镇(今宁夏回族自治区灵武西南)达凉州的姑藏。此路被称为'鄂尔多斯南缘沙漠路'。自此西行经张掖可抵玉门

---

[1] 颜景良. 呼和浩特交通志[M]. 北京:人民交通出版社,1997:271.

第八章　黄河长城联手创造的文化符号

历史上的君子津渡口一带（摄影　宋和平）

通天山南北路。于是，至439年，魏主率兵沿此路进军北凉，克姑藏，沮渠牧犍降，北凉亡。西晋末以后的十六国时期至此结束，太武帝一统北方。"[1]

1595年前，第一座黄河桥在呼和浩特建成了。"北魏太武帝始光四年（427年）三月，为征伐大夏赫连昌，'诏执金吾（官）桓贷（人名）造桥于君子津'（《魏书》第七十二页）。五月，太武帝率军渡桥西讨。此为云中境内黄河造桥之始。"[2]

这座桥的确切位置在哪里，存在了多少年，用什么材料建造的，都没有精准记载。可以想象的是，1500多年前，在滔滔黄河上建桥，是何等困难。

这个时期，在阴山上也修建了北魏长城。

---

[1]　颜景良. 呼和浩特交通志［M］. 北京：人民交通出版社，1997：42.

[2]　颜景良. 呼和浩特交通志［M］. 北京：人民交通出版社，1997：271.

1500多年前的黄河大桥没有留下痕迹，直到1985年，君子津渡口的喇嘛湾段才建设了永久性大桥——喇嘛湾黄河大桥，从此改变了呼和浩特与鄂尔多斯黄河两岸的交通历史。

　　关于君子津古渡的位置众说纷纭。较为可信的说法是君子津位于内蒙古清水河县喇嘛湾以南的榆树湾村附近。另一种说法是在托克托县。"'君子津'古渡位于双河镇河口村，也称'海口'。总之，这是发生在黄河岸边古渡口的一个诚信的故事。相传，东汉桓帝（159年）行经代地（托克托县）。津长渡富商，暴病身亡，不贪其所带金银财货，桓帝得知，大加赞许，称津长为君子，从此渡口称为君子津。现为海口段黄河中上游分界处，在岸边有'母子情深'分界碑雕像。"[1]

　　君子津古渡的位置确定不了，君子津浮桥也没有确切位置，大致就在呼和浩特的托克托县、清水河县与准格尔旗之间。

---

[1] 内蒙古自治区旅游局. 内蒙古自治区志·旅游志[M]. 呼和浩特：内蒙古人民出版社，2010：319.

第五节

流传甚广的民歌——《敕勒歌》

敕勒川,阴山下,
天似穹庐,笼盖四野。
天苍苍,野茫茫,
风吹草低见牛羊。

"提起内蒙古,相信许多人的第一印象来自北朝民歌《敕勒歌》。这首民歌语言简练质朴、音调雄厚、音韵优美,短短不足30字就勾勒出苍茫辽阔草原的壮美风景,堪称描写内蒙古草原风光的千古绝唱。"[1]

《光明日报》所用"苍茫辽阔草原的壮美风景"和"内蒙古草原风光的千古绝唱"两句,十分精准。

这篇文章还写道:"内蒙古的壮美不止于此。从连绵的大兴安岭到浩瀚的巴丹吉林沙漠,从辽阔的锡林郭勒草原到无垠的乌梁素海,从静谧的阿尔山天池到

---

[1] 王志强,刘雅婷. 课本里的内蒙古[N]. 光明日报,2018-12-02(10).

神秘的阿斯哈图石林,从'天下黄河,唯富一套'的河套平原到'弯弓射大雕'的'一代天骄'成吉思汗的陵寝……千百年来的文人墨客留下了许多有关内蒙古的诗篇,如同《敕勒歌》一般被传诵至今。"描述敕勒川草原壮美风景的诗句还有:"单车欲问边,属国过居延。"(《使至塞上》)居延故址在今内蒙古额济纳旗一带。出使边塞时目睹浩瀚苍凉的大漠景象后,王维写下了千古名句"大漠孤烟直,长河落日圆"。

敕勒川就在今天内蒙古阴山山脉中段的南北和黄河"几字弯"两岸的平原地区、草原地区,其核心地带是前后河套平原。广义上也包括山西、陕西、河北、宁夏等省区与内蒙古接壤的部分地区,它们在历史上、文化上与敕勒川有割舍不断的联系。

北朝将军斛律金是出生、成长在朔州盛乐的敕勒人,北魏朔州的州府在包头

呼和浩特敕勒川草原(摄影 宋和平)

市固阳县,盛乐即今呼和浩特市和林格尔县。斛律金虽然一生南征北战,但对故乡的感情非常深厚,特别是在战事吃紧时,吟唱故乡的民歌,不但是人之常情,而且可以鼓舞士气。

敕勒川、土默川一脉相承,《敕勒歌》广泛流传于敕勒川地区的各族人民中间。

《敕勒歌》体现着人与自然和谐共生的理念,诗中的天地、山川、牛羊,构成了一幅塞上草原的风景画。金末元初的著名诗人元好问曾盛赞《敕勒歌》云:

慷慨歌谣绝不传,穹庐一曲本天然。
中州万古英雄气,也到阴山敕勒川。

敕勒川博物馆的敕勒川地理范围图(摄影 宋和平)

土右旗的敕勒歌雕塑（摄影　宋和平）

敕勒是一个古老的民族，汉代史籍称作丁零，亦译作丁灵。南北朝时期，鲜卑、柔然称之为敕勒，汉族人称之为高车。敕勒、铁勒、丁零、狄历都是译音转音，而称高车是因为这个民族的人们心灵手巧，善于制造高大的车辆，《北史》卷九十八《高车传》中有"俗多乘高轮车""车轮高大，辐数至多"的记载。

敕勒族最初在贝加尔湖一带驻牧，后南下到内蒙古阴山南北及黄河"几字弯"一带。北魏时，鲜卑领袖拓跋焘将敕勒族迁于漠南千里之地，其中就包括现在的土默川，即南北朝时朔州（今包头市固阳县）治下的敕勒川。

黄河、长城边的千古绝唱《敕勒歌》展现了这一地区的游牧经济，唱出了"中国乳都"呼和浩特成为"乳都""肉库"的历史渊源。

第六节

"中国第一松"——准格尔旗油松王

沧海桑田,天翻地覆,准格尔旗有一棵古松巍然独存,铁骨青枝,矗立千年,它就是"中国第一松"——准格尔旗油松王。早在40多年前,中国林业科学院专家多次对油松王进行考察,测定这棵树高26米,胸径1.34米,材积13.5立方米,经钻孔测知,此树大约于北宋哲宗元祐元年(1086年)天然落种生成,迄今已930多岁了,为中国油松之冠,被命名为"中国油松王"。后来检测发现,此树还在生长。1997年,中国科学院植物研究所专家经检测验证测定:油松王高为27米,胸径增为1.5米,材积达14.5立方米。这些科学检测结果表明,历经近千年岁月,油松王依然保持着旺盛的生命力。

准格尔旗油松王在纳日松镇海拔1400多米的山坡上,雄伟挺拔,树干顶天立地,树枝盘曲如龙,树冠遮天蔽日。

数百年来,当地人礼敬油松王为"神树",当地民歌中有这样的唱词:

准格尔旗有棵大松树,

长城拥抱黄河

      传说有神仙在树上住。

  准格尔旗油松王是内蒙古唯一的经历过宋朝的大松树。

  距离油松王不远,有3座呈掎角之势的北宋时期的古城,分别为丰州城、保宁寨、永安寨,沿线还有20多座宋代烽火台,当地群众亲切地称之为"敖包"。这些古城和烽火台与油松王是同时代的产物,站在永安寨古城遗址上,油松王和沿线烽火台清晰可见。

  青松翠绿,古城荒芜,油松王历经900多年,见证了北宋与西夏、辽的"三国演义"。

  根据历史记载,准格尔旗油松王受到子孙后代的爱戴。鄂尔多斯部于明天顺年间（1457—1464年）入驻河套（今鄂尔多斯地区）后,在油松王旁边建起了庙宇。明成化年间（1465—1487年）,西藏一活佛云游至此得见油松王,观此树华盖夺奇、高耸入云,便将一尊金佛置于树洞中,从此日夜守护不离。此后,有20

准格尔旗油松王（摄影　赵刚）

余代喇嘛在此参禅诵经,守护油松王。

1996年,油松王被内蒙古自治区人民政府列为第三批重点文物保护单位。

准格尔旗是中国产煤第一县,油松王所在的纳日松镇探明煤炭储量达91亿吨。"纳日松",汉语意为"松树",油松王所在的村叫松树墕村,都是因树得名。纳日松镇的阿贵庙自然植被保护区内还存有比较完整的原始天然林。

准格尔旗"地下乌金源源流出,山上树木郁郁葱葱",吸纳千年日月精华,饱阅古今风雨沧桑。油松王看护着绿色矿山、绿色高原。

第七节

黄河上的千年古渡——河口古渡

在黄河"几字弯"70多个古渡口中,哪个渡口、码头存世时间最长、最为重要、最出名?

翻翻历史,答案很明确:河口码头、河口古渡。

河口古渡就是呼和浩特市托克托县黄河岸边的一个千年古渡,历史上的河口古镇就是今天的河口村。

不论翻开哪本与黄河有关的地理书,说到黄河分界点,一定有河口的坐标。

春秋战国时,黄河中上游就开始以舟为航运工具开发长途运输。这个时期,河口码头已经开始发挥作用。黄河上游、中游最早的通航记载可追溯到战国时期。"导河积石(今青海省循化境内),至于龙门(今陕西韩城北、山西禹门口对岸)。可知早在战国时期,从黄河上游青海省经甘肃过九原、云中(今托克托境内之河口镇)至山西省禹门口已通航。此为黄河上游、中游最早的通航记载。"[1]《战国策·楚策一》载:"舫船载卒,一舫载五十人与三月之粮。"当

---
[1] 颜景良. 呼和浩特交通志[M]. 北京:民交通出版社,1997:271.

第八章 黄河长城联手创造的文化符号

黄河麦野谷景区中河口古渡复原图（摄影 宋和平）

时云中（今托克托县）的河口已成为"纤舟之河"。历经秦汉至北魏，黄河中上游漕运以船、舫为运输工具。汉武帝建设的云中通西域路线中，也有河口古渡。汉武帝始通西域之路，自云中君子津渡黄河西行经榆林、上郡、北地、陇西入前道至张掖。北魏文成帝太安二年（456年），诏旨在"沃野就地造船舫二百艘"以运粮谷。所谓船舫，即二船为舫，主船带拖船。[1]

《呼和浩特交通志》中详细记载了河口古渡的历史地位，如云中塞渡口（沙陵湖，今河口），对岸的榆溪塞渡口（黄河西岸十二连城附近），西北有九原渡口，南有君子津渡口（今喇嘛湾处）。这些渡口自古以来就是沟通西北与中原的水陆码头。东汉桓帝时，自长安到榆中（今鄂尔多斯市）巡视，而东巡渡君子津至云中抵碣石（今河北境）。隋炀帝大业三年（607年）八月，炀帝亲巡云

---

[1] 颜景良. 呼和浩特交通志[N]. 北京：人民交通出版社，1997：275.

河口古镇盘龙生铁旗杆,见证了河口镇古渡口的发展（摄影　宋和平）

中,乘龙舟溯金河（今大黑河）。元世祖忽必烈至元四年（1267年）,大力发展驿运,自中兴路（今宁夏境内）至西京东胜（今托克托县东南）立水驿,设巡军以利水驿。东胜（今呼和浩特市托克托县）发展成黄河中上游物资集散地和水运枢纽。至清朝,托克托河口镇为黄河上游三大发盐引地（河口、磴口、吉兰泰）之一,设盐务大使。官商船舶往来如梭。[1]

河口古渡的兴衰与洪水有关,也与铁路有关。清道光三十年（1850年）秋,黄河坝溃决,浸渍月余,河口被冲毁,损金巨万。巨商多移包头、归绥,水运始衰败。清同治年间,河口镇甘草钱粮业又得以发展,又以甘草码头而著名,每年运出甘草四五百万吨,价值四五百万元。由骆驼运往归绥、西北新疆的货物多在河口起岸,再由归绥的大盛魁、天义德、元盛德等旅蒙商驼队运往各地。此时航运虽不及往日,但西至包头,东下河曲船只仍有往来。1923年,平绥铁路通至包头,河口古渡的地位下降。

元代朝廷很重视黄河"几字弯"水运业,使得河口古渡拥有长达755年的官渡地位,这在蒙、晋、陕、甘、宁黄河航线上独一无二。《元史》载,元至元四年（1267年）大力发展水陆驿站,这里成为国家黄河航线的东段渡口。

---

[1] 颜景良. 呼和浩特交通志[M]. 北京：人民交通出版社, 1997：271.

第八章　黄河长城联手创造的文化符号

河口古渡原址，黄河一级支流大黑河入黄河口（摄影　张伟）

《马可·波罗游记》中所记路线也途经河口古渡。马可·波罗"入中国新疆，经今新疆的可失哈耳（今新疆喀什）、斡端（今新疆和田）、罗布泊（今甘肃敦煌西）、肃州（今甘肃酒泉）、甘州（今甘肃张掖）、额里秋国（今甘肃武威）、额里哈牙（今宁夏银川）、东胜州（今呼和浩特之托克托县）、丰州（又称天德军，今呼和浩特东郊白塔）、申达州（今兴和）察汗脑儿抵上都。"[1]这里的"东胜州"就在河口古渡的山梁上。

清代，河口古渡的官渡地位再次夯实。"至乾隆五十一年（1786年）晋省兼食蒙盐州县增多，故嘉庆十二年（1807年）设吉兰泰、磴口、河口镇三盐大使，并于河口镇立各引地之口岸"。"乾隆以后，口外垦殖日广，民殷物阜，出境之油、粮、盐、碱、甘草各货及入境的日用杂货、山西与归绥往来的商运，凡经河

---

[1] 颜景良. 呼和浩特交通志［M］. 北京：人民交通出版社，1997：46.

河口古镇老照片

路者，皆以河口为码头，以居水路冲要，为上下水运货物之总枢"。"自清光绪二十七年（1901年）朝令漕粮'一律改征折色'。至此，历经几千年的黄河漕运宣告结束"。[1]

　　河口古渡更是内蒙古与山西的"漕运大动脉"。《绥远通志稿》载："岁运售额4万～5万吨，价值40万～50万两银。"此外还有清水河瓷器、河套红柳、乌拉山木材、大青山松柏集聚于此。"至清初，漕运主要是运盐而不是粮，托克托城是水陆转运的集散地……凡山西与归绥往来的商运，均以河口镇为码头，时为航运的鼎盛时期。清光绪年间（约1880年），'包头南海'始设盐卡，此后，

[1] 颜景良. 呼和浩特交通志 [M]. 北京：人民交通出版社，1997：272.

托、包河运平分秋色。"[1]

《内蒙古自治区志·公路、水运交通志》记载了以河口为中心，向西、向山西的航运情况。

1807年，设立河口镇。清朝建立河口镇之后，河口古渡的地位就更高了，在蒙、晋、陕、宁整个航线中比较特殊。

古代黄河内蒙古段主要码头有旧磴口、三盛公、马道桥、园子渠桥、天吉太桥、义和渠桥、南海子、河口镇8处。

"先有河口镇，后有老包头渡口。""清道光三十年（1850年），托克托县'河口码头'被水淹，水运船只改到'包头南海子渡口'停泊和装卸货物"。"清同治十三年（1874年），黄河在土默特改道南流，'河口码头'及毛岱渡口迁移到'包头南海子'，使得'包头南海子渡口'码头的作用更加重要。南来北往、东达西至的船只在'包头南海子'停泊、装卸，成为货物集散中心和船舶停靠的集聚点，形成了黄河上游最大的航运枢纽。"[2]

直到1954年底，黄河干流上主要码头有乌达、旧磴口、三盛公、包头南海子、二里半、包头磴口、河口镇、喇嘛湾等，即使河口码头已显衰落，也与包头码头齐名，足见其地位。

《呼和浩特市地名志》记载："此村建于元代。坐落在大黑河与黄河交汇入口处得名。清代为内蒙古西部地区的水旱码头之一，货物集中中心，商号林立，久负盛名的'塞外古镇'。位于县城南2.5千米。" 按照《内蒙古自治区志·商业志》记载，从元、明、清时期到民国时期，托克托县（东胜州、东胜卫、脱脱城）的河口镇始终是内蒙古西部的区域经济贸易中心，仅次于归化城、归绥市，地位甚至高于后来崛起的包头村、包头镇。当包头市诞生之后，河口镇成为内蒙古西部仅次于归化城、包头市的商业中心。

为什么河口古渡如此重要？这与黄河分界的大地理有关。

---

[1] 颜景良. 呼和浩特交通志[M]. 北京：人民交通出版社，1997：13.

[2] 内蒙古自治区公路交通史志编审委员会. 内蒙古自治区志·公路、水运交通志[M]. 呼和浩特：内蒙古人民出版社，2001：479.

黄河"从源头到内蒙古托克托县河口镇的河段,属于黄河的上游,全长3472千米";"黄河出青铜峡后,沿鄂尔多斯高原的西北边界向东北方向流动,然后向东直抵河口镇。这一段的沿河区域大多为荒漠和草原,基本没有支流注入,干流河床平缓,水流缓慢。两岸有大片的冲积平原,包括银川平原和河套平原。西起宁夏下河沿、东至内蒙古河口镇的河套平原,长900千米,宽30~50千米。"[1]

这一段文字表述了宁夏至河口适合通航的历史地理事实。

黄河下游改道2500多次,基本上没有形成千年不变的古渡口,由此,历经千年的河口古渡更显珍贵。

---

[1] 马利琴. 长江黄河[M]. 合肥:黄山书社,2016:80—82.

第八节

亚洲最大的一首制自流引水灌区——河套灌区

被列入世界灌溉工程遗产名录的河套灌区是亚洲最大的一首制自流引水灌区，这个世界级灌区的"首"就是三盛公水利枢纽（俗称三盛公拦河闸）。它飞跨巴彦淖尔、鄂尔多斯黄河两岸，被称为"万里黄河第一闸"。

河套灌区已经有2000多年的历史，号称"万里黄河第一闸"的三盛公水利枢纽工程是在1961年建成的。如今，在"第一闸"的河坝枢纽处建有"天下黄河第一锁"，成为国家级的黄河水利风景区。

河套灌区位于巴彦淖尔市，即后套地区，引黄灌溉的历史可以追溯到汉代。河套灌区现状灌溉面积达1020万亩，是中国最大的灌区之一，也是蒙古高原最重要的粮食产区和生态屏障。[1]

阴山以南、黄河以北就是著名的河套冲积平原，为了这个平原的丰收，2000多年来，人们为人工灌溉作出不懈努力。"河套灌区以三盛公引水枢纽从黄河自流引水，由总干渠、13条干渠及各级渠道输配供水至田间地头及湖泊海子、总排

---

[1] 李云鹏. 中国再添两处世界灌溉工程遗产[N]. 人民日报海外版，2019-09-05（9）.

河套灌区三盛公拦河闸（摄影　宋和平）

干沟、12条干沟及各级排沟排水，通过红圪卜扬水站进入乌梁素海排水承泄区，后经过总排干出口段退入黄河，是完整配套的一首制灌排体系。灌区共有各类灌排建筑物18.35万座，灌溉面积1020万亩。灌区灌溉工程遗产以13条历史灌溉渠系为核心，包括1949年以前的灌排工程体系以及废弃灌排工程设施遗存、遗迹、遗址和见证或承载河套灌区历史和遗产价值的非工程遗产，如碑刻、文献、龙王庙等水神崇拜设施、管理建筑设施等。"[1]

引黄灌溉始于秦汉，历经北魏、隋唐大规模开发，至清末开挖大小干渠40多条，13条大干渠沿用至今，已有2200多年的历史。

黄河变迁让河套灌区历经风霜雪雨。河套灌区地处农耕文化与游牧文化交错带，北边的阴山上就是秦汉长城，见证了区域社会经济发展和黄河变迁的历史，内蒙古人民自豪地说："黄河北、阴山南，八百里河套米粮川。"河套灌区悠久厚重的水利文明承载着河套地区的历史发展进程。

"万里黄河第一闸"带着河套灌区进入新时代，奋进新时代。"万里黄河第一闸"就在巴彦淖尔市磴口县和鄂尔多斯市杭锦旗、阿拉善盟阿左旗接壤处，

---

[1] 陈晨. 中国治水智慧何以千年不衰［N］. 光明日报，2019-09-05（10）.

第八章　黄河长城联手创造的文化符号

河套灌区龙首——磴口拦河闸（摄影　宋和平）

分布于磴口县巴彦高勒镇（原名三盛公）东南的黄河干流两岸，覆盖面积129平方千米。千百年来，河套灌区因无控制性工程，引水无保证，历来是"天旱引水难，水大流满滩"的自流引水灌区，优越条件难以发挥。"万里黄河第一闸"就是国家治理黄河水害、梯级开发、早期实施的大型工程之一。1959年工程动工时，施工人员发扬艰苦奋斗的优良传统，风雨无阻、肩挑人拉、土法上马，大搞科技革新，用汗水甚至生命书写了自力更生、无私奉献的大无畏精神。1961年5月13日，工程基本完成，当年灌溉31.33万公顷。

河套灌区引水龙头工程的建成，结束了黄河水进入河套地区无工程控制的状态，是河套水利建设史乃至内蒙古水利建设史上的一座里程碑。作为黄河干流上唯一的以灌溉为主的一首制大型平原闸坝工程，兼有防洪防凌、城市及工业用水、水力发电、交通旅游、生态补水等综合效能，1000余万亩土地获益。

"万里黄河第一闸"旁边的"天下黄河第一锁"也有标志性意义。利用6扇废旧闸门制作的"黄河结"大型环保主题雕塑——"同心锁"，堪称"天下第一锁"，三把锁高27米，重达240吨，分别名为"永昌""永固""永恒"。"三

磴口县三盛公拦河闸"黄河同心锁"雕塑（摄影　宋和平）

锁"鼎立、锁环相扣，寓意美好，表达了水利人同心同德、造福一方百姓的心愿，成为当地标志性建筑和人文景观。

我国是世界上最大的灌溉国家，体现了农业大国的特色。"我国有效灌溉面积由1949年的2.4亿亩发展到2021年的10.37亿亩，在仅占全国耕地面积约50%的灌溉面积上生产了全国总量75%的粮食和90%以上的经济作物。当前我国耕地灌溉率高达51%，是世界平均水平的2.68倍。中国已成为世界第一灌溉大国，灌溉科技发展为保障国家粮食安全作出重要贡献。"[1]

亚洲最大的一首制自流引水灌区为我国灌溉农业谱写了历史新篇章。

---

[1]　杨舒. 我国已成为世界第一灌溉大国[N]. 光明日报，2022-11-06（4）.

第九节

黄河会盟文化的标志之一——王爱召

召庙是祖先留给黄河"几字弯"重要的文化遗产,不少召庙就建设在黄河岸边、长城墙边。呼和浩特市有"七大召,八小召,七十二个绵绵召"之说。

"伊克昭盟"之"伊克昭"就是"大庙"之意,此"大庙"就是今天达拉特旗的王爱召。

"盟"由"会盟"而来,会盟,即古代诸侯之间的集会、结盟。在古代,无论是中原还是草原,各部落、各个地方诸侯通过会盟团结起来,促进大一统。

《辞海》称:"伊克昭盟:旧盟名。在内蒙古自治区南部。明为鄂尔多斯部游牧地。清初设盟,以各旗会盟于伊克昭(蒙古语意为大庙),故名。"[1]《辞海》所言"会盟于伊克昭"实际上就是会盟于"王爱召"。

《内蒙古自治区地名志·伊克昭盟分册》描述伊克昭盟名称之由来:"伊克"为蒙古语,意为"大","昭"系藏语的译音,指供奉释迦牟尼身像的佛

---

[1] 上海辞书出版社. 辞海(第七版彩图本)[M]. 上海:上海辞书出版社,2020:5185.

殿;"伊克昭"即"大佛殿"的意思,它是本盟著名寺院王爱召内的佛庙,清顺治六年(1649年),划鄂尔多斯部为六旗(后增设一旗)合为一盟,因各旗的札萨克会盟于伊克昭庙上,故名伊克昭盟。

"伊克昭盟又称鄂尔多斯。鄂尔多斯是蒙古语官帐的意思。据史料记载,鄂尔多斯是蒙古语斡耳朵(官帐的意思)的复数词演变而来的"。"清顺治六年(1649年),清王朝将鄂尔多斯划分为六个旗,因第一次六旗会盟时,地址在今达拉特旗'王爱召',所以清政府又把这里称为伊克昭盟"。[1]

令人愤慨的是,昔日辉煌的王爱召在1941年被侵华日军烧毁。但是,作为一个地理历史符号,"王爱召"还巍然屹立在大漠上、黄河边。

---

[1] 内蒙古自治区党委政研室. 内蒙古自治区盟市旗县概况 [M]. 呼和浩特:1985:403.

第十节

遍布长城的阴山山脉

奔向黄河"几字弯"的长城大多数会踏上一道脊梁,这道脊梁就是阴山山脉。

阴山是黄河的"老大哥"。阴山山脉是在2500万年前的中生代末期形成的。阴山山脉如巨人一样拦住了从中原通向草原的道路,由此历代长城与阴山结缘。阴山山脚下就是赵长城,山顶上是秦汉长城。

阴山山脉在呼和浩特地段就是大青山,大青山上遍布长城。"大青山在秦汉魏晋时代称'阴山',隋唐时期称'秦山''大斤山'。辽、金、元时期又以'阴山'称之。'大青山'这一名称最早出现在明嘉靖年间,通行于清代"。"据《大清一统志》载,蒙古语称为'漠喀喇'(汉语意为'黑山'),《绥乘》解释为,北方人'黑''青'二字通用,后来把'黑山'改称为'青山'。《古丰识略》记载,清代在'青山'前又冠以'大'字,后逐渐被称为大青

长城拥抱黄河

冬日阴山之壮美景观（摄影　宋和平）

山"。[1]《归绥县志》称其为"祁连山"（鲜卑语"天山"之意）。"大青山位于阴山山脉中段，横跨内蒙古包头市、呼和浩特市和乌兰察布市的11个旗县区，拦阻着从西伯利亚吹来的朔风，收集着东南季风带来的降水，是河套平原、华北平原及首都北京的天然屏障。历史上的大青山'草木茂盛，多禽兽'。"[2]

阴山的余脉蛮汉山，山体宏伟，风景秀丽，位于凉城县、和林格尔县境内，自东北向西南绵延70千米，东西宽约15千米。主峰位于凉城县东十号乡境内，海拔2304米，明长城横贯其南部。《山海经》中称蛮汉山为"钟山"，隋唐叫"春山"，宋朝更名为"九峰山"，元朝始称"莽汉山"，后转音为"蛮汉山"，一直沿用至今。

---

[1] 呼和浩特郊区志编纂委员会. 呼和浩特郊区志［M］. 呼和浩特：内蒙古人民出版社，1996：69.

[2] 霍晓庆，帅政. 青山归来［N］. 内蒙古日报，2022-12-03（7）.

第八章　黄河长城联手创造的文化符号

武川县大青山之巅，秦汉长城横穿山脊（摄影　宋和平）

大青山、蛮汉山见证了中国最早的长城——赵长城的兴衰。赵长城、秦汉长城分布在呼和浩特市武川县、回民区、新城区、赛罕区的大青山上，夯土与石头长城并存。

高山草甸草原是大青山、蛮汉山的地貌特征。著名的有哈达门高原牧场（武川县）、二龙什台高山草原（凉城县）、淖尔梁湿地草原（武川县）、井儿梁高山草原（回民区）、乌兰木伦草原（清水河县）等，形成了可与典型草原一比高低的态势。大青山土壤为山地栗钙土—山地典型棕褐土—山地淋溶褐土—山地草甸草原土。

经常在大青山、蛮汉山的长城上唱歌的百灵鸟，是内蒙古自治区的"区鸟"。

259

大青山主要山沟拥抱长城

大青山前坡的沟有18条,呼和浩特范围内有14条,都与长城或交叉,或拥抱,或对峙。其中,有9条山沟奔黄河、迎长城,既当好黄河水源地,又不忘拥抱长城。

万里茶道主要通道是坝口子沟。沟长17千米,又叫蜈蚣坝沟,古称白道谷,元代称为甸城路,是历代兵家必争之地。坝口子村是阴山古白道上的重要驿站,汉代、北魏都在这里筑城,名曰"白道城"。魏晋南北朝时期开始,这里就是经济往来的通道,是草原丝绸之路、万里茶道的重要通道。如今尚存古城、古井、古戏台、古树、古道等,坝顶发现有元代甸城道路碑,碑上记载古代呼和浩特人

呼和浩特市武川县坝口子沟白道古(摄影 王东麟)

第八章　黄河长城联手创造的文化符号

阴山脚下呼和浩特敕勒川草原（摄影　宋和平）

（当时名丰州）"风俗惟淳，民物尚朴"[1]。甸城山谷修路碑的旁边就是秦汉长城。

秦长城与赵长城连接处——红山口沟。俗称"红螺谷"，蒙古语称作"乌兰察布"，位于呼和浩特市新城区毫沁营镇境内，是历史上重要的军事隘口，也曾是清代乌兰察布盟诸旗的会盟之地。沟长16.8千米，宽30～100米，主沟呈西北、东南走向。上游有5条较大的支沟，中游、下游有4条小沟。沟内泉水常流、植被茂密。距沟口3.5千米处有古寺遗址。在北面的垂直岩壁下，依次有四级人工修筑的台地，台地周围山环水绕，环境雅致。古遗址有秦长城，台地上有建筑物遗址，岩壁上有摩崖雕刻。

哈拉沁沟——长城的"瞭望哨"。哈拉沁，汉语意为"哨所""瞭望哨"。

---

[1] 颜景良. 呼和浩特交通志［M］. 北京：人民交通出版社，1887：46—47.

呼和浩特新城区大青山森林风光（摄影 宋和平）

哈拉沁沟位于呼和浩特市正北，与武川的卯独沁沟连在一起，明代此处曾设有哨所。哈拉沁沟沟长58千米，沟中流水常年不断，源于武川县北黄花窝铺村西南2千米，武川境内称东河。河水由北向南顺哈拉沁沟流出，经哈拉沁、毫沁营、如意河村东，在讨号板村东汇入小黑河，沟外河道全长58千米，是小黑河的主要支流。

小井沟——当路塞。小井沟沟口水磨村北有战国时期的当路塞遗址和战国赵长城遗址，沟口有战国秦汉长城保护碑。小井沟，蒙古语称"旭尼苏贝"，位于新城区保合少乡境内，沟长32千米，可延长至卓资县红石崖景区，是大青山抗日根据地主要活动区域之一。该沟为古今要隘，是土默川平原通往山北的要道，现有呼锡公路直达锡林浩特市、二连浩特市。地处青城东北，由城东至机场，再往大青山北去，途经罗家营、古路板、水磨村。小井沟内林丰草茂，景色宜人，是青城人传统旅游之地。每年入夏，城内酷热难耐，沟中却凉爽宜人，别有洞天。

秋天则层林尽染,山水如画。沟旁一山,顶平如原,川底即可望见,名曰平顶山。沟内有一清溪,常年潺潺。山为骨,水为魂,仁者喜,智者乐。

奎素沟——绿水青山的"肚脐眼"。奎素,汉语意为"肚脐眼"。奎素沟位于新城区保合少乡境内,沟长20千米。距沟口5千米处的猴儿山下,又分为东西两沟,从大沟沟口深入3千米向东还有一条支沟叫小东沟,其沟口北侧有一山,山上有二洞,俗称"子母洞"。沟中植被良好,有5万亩原始森林和人工林,阴坡多为白桦树和山杨,亦有少量松柏。沟内有一奇观,在一处石壁上,只要用水喷洒即有四行文字出现,水干字无。这四行文字是:"水若像春川尽媚,万遂蕴玉满山辉。飞人既抱在众峰,口口口死口口中。"

面铺窑沟——赵长城旁好风景。面铺窑沟位于新城区保合少乡境内,直通圣

呼和浩特市新城区面铺窑赵长城遗址碑(摄影　王东麟)

水梁，沟长15千米，宽约100米，主沟由小东沟、大东沟、大西沟、白银不浪沟等5条沟组成。沟中泉水常流，两侧山峰松柏、白桦、白杨极为茂盛。沟内建有青山水库，入沟3千米处，有战国时期修筑的一段边墙，称赵长城，为古代军事要隘。春夏之季，山花盛开、碧水倒映、水鸟嬉戏、蜂飞蝶舞，构成天然风景游览区，令游人流连忘返。

井儿沟、德胜沟——塞外小延安。呼和浩特革命遗址井儿沟、德胜沟是八路军大青山支队司令部驻地之一。井儿沟地处大青山中心地带，为群山环抱的山谷盆地，沟里有自北向南的抢盘河和自东向西的毛图沟，在大大小小的山沟里散落着10余个村庄，统称井儿沟。1938年9月，八路军大青山支队第二营来到井儿沟，成立了井儿沟乡动委会，发动组织群众开展抗日活动。八路军与村民都在沟沟岔岔里挖窑洞居住，计有300多孔窑洞遗址。井儿沟八路军大青山支队司令部驻地南窑子的窑洞并排修筑于沟北壁上，距地面约1.5米，上下排列约有30余个，1940年以后，八路军大青山骑兵支队2团、3团经常在此驻防、休整、操练，担负着保卫德胜沟司令部的任务。

阴山白道拥抱多条长城

阴山白道有许多名字，富有传奇色彩。"北魏称'白道岭'，宋辽时称'渔阳岭'，金代称'神山'，元代称'翁衮达嘎巴'（汉语意为"神圣的山岭"），明清称'翁观山''德胜关'，清代初始称'吴公坝'或'蜈蚣坝'。"[1] 阴山白道位于阴山山脉中段，控扼南北交通，既是古代军事战略要地，也是南北经济文化交流的孔道与古代草原丝绸之路的重要组成部分。史学家翦伯赞先生曾经说："历史上一个又一个北方民族跨越阴山步入中原，演出了一幕幕威武雄壮的话剧。而跨越阴山的主要通道就是白道。"

有关阴山白道的记载最早出现在《水经注》中，这里自古以来就是草原越过

---

[1] 呼和浩特郊区志编纂委员会. 呼和浩特郊区志 [M]. 呼和浩特：内蒙古人民出版社，1996：70.

第八章　黄河长城联手创造的文化符号

呼和浩特市新城区坡根底秦长城（摄影　宋和平）

阴山山脉进入中原最要紧的古道，更是历代长城重点把守的隘口、通道。最早的赵长城及后来的秦汉长城、北魏长城、金长城等，都要扼守要塞。元朝时，疆域辽阔，从元上都到岭北的哈剌和林的重要通道就要穿越阴山白道。"木怜驿路自李陵台（今内蒙古正蓝旗南黑城子），西行经兴和路、大同路北境的天成，西北行经宣宁（在岱海北岸）再西北至丰州（今呼和浩特东郊），而北入白道至净州（在今武川境内）经沙井总管府、德宁路（在今达茂旗境内）、麦该驿、沙兰秃站，抵和宁路的哈剌和林。"[1]

这条路就是中央政府首都通往岭北的军事线路，更是草原通向中原的商业大通道。"该路是中书省通往岭北行省的重要干线，不仅保证过往官员的供需，更

---

[1] 颜景良. 呼和浩特交通志［M］. 北京：人民交通出版社，1997：45.

重要是保证岭北行省的粮秣供需。元时,不仅是一条军事要路,同时又是沟通岭北与中原地区的商贸大道。"[1]

"另外还有大同至丰州驿路,该路自大都起沿木怜驿站至天成,西南经牛皮岭站至大同,沿桑干河支流北上至下水(今凉城岱海)、燕只哥赤斤站(今卓资山境内)至丰州北入甸城路(白道),经宽迭怜不剌站(今武川县境)到净州、沙井,可通大青山后各路、州、县。该路是沟通阴山南北与中原的一条大动脉。"[2]

在阴山白道发现的《元代甸城山谷修路碑文》中记载了元代延祐七年(1320年)修筑这条路的基本情况。"郡(州)南负郭黑河,青冢古迹仍存……比之银瓮迢遥,渔阳阻险(今蜈蚣坝)近争一倍,抵天平(今武川北)七十余里。历经沿革,山水泛涨,阻妨车辆经行,寒暑迭迁,人无举覆"。"路由是谷,亦既见之,允协前论"。"以致险夷之地,遂成平坦之途。奔驿驾车,引重致远,过者无不忻怿。复值暴雨冲流,窒碍行路,累蒙使郡下令。"[3]

到了清代,阴山白道又是绥远省通往外蒙古的大道。

当时,绥远至外蒙古的通商大道主要有3条。

绥远至新疆的道路,统称大草原路或后山路,都途经白道。

从白道进草原途经"帝王之乡"武川县,大青山的历代长城都集中于此。武川县位于阴山北麓,呼和浩特市北,县城可可以力更镇,汉语意为"青色的山崖",简称可镇。武川县距归化城较近,旅蒙商到了百灵庙才分为"外路"和"西路",在可可以力更镇设有驿站和"卡伦"(骑兵哨所),随后逐渐变成有店铺的商镇。乾隆二十二年(1757年),清军占领伊犁,平定青海、新疆,旅蒙商又畅通了一条由前营到后营再到西营的"营路"。于是大青山南麓的农民商人扩展到归化城北部地区的四子王旗、达茂旗。继武川之后,这两旗也成了商路上的重要商镇。

---

[1] 颜景良. 呼和浩特交通志[M]. 北京:人民交通出版社,1997:45.

[2] 颜景良. 呼和浩特交通志[M]. 北京:人民交通出版社,1997:46.

[3] 颜景良. 呼和浩特交通志[M]. 北京:人民交通出版社,1997:46—47.

第八章 黄河长城联手创造的文化符号

阴山中部的白道是一条战道。

白道作为阴山山脉南北的主要通道,历来是兵家必争之地。创立隋唐的关陇集团就是从武川县入主中原的。

当然,阴山山脉更是乌兰察布、包头、巴彦淖尔的"靠山",这3座城市也是长城富集地,尤其是巴彦淖尔境内1000多千米的长城,自古驻扎在阴山上。

河北省的张家口号称"历代长城博物馆",这里的许多长城都修筑在阴山山脉上。张家口长城,建造时代长,囊括了从战国(燕、赵)、秦、东汉、北魏、北齐、唐、金到明代等8个时代的长城;修筑里程长,长城总长度达1804千米,其中,明代长城全长720千米,占河北省明长城总长度的53.8%,占全国明长城总长度的8%;建筑形制完备,包含干插石垒、土夯、土石混夯、砖石结构等各种建筑形式;防御体系庞大,以明代长城为例,包括镇城、卫、所、堡、敌楼、烽火台和长城线性墙体等纵深防御体系。历史上多个时期的长城以张家口为起点,如燕北长城、赵北长城、北魏长川长城和"畿上塞围"以及唐长城等。

这就是阴山的魅力。

- 阅读导览
- 了解长城
- 领略风光
- 探索发现

第九章

黄河第一湾

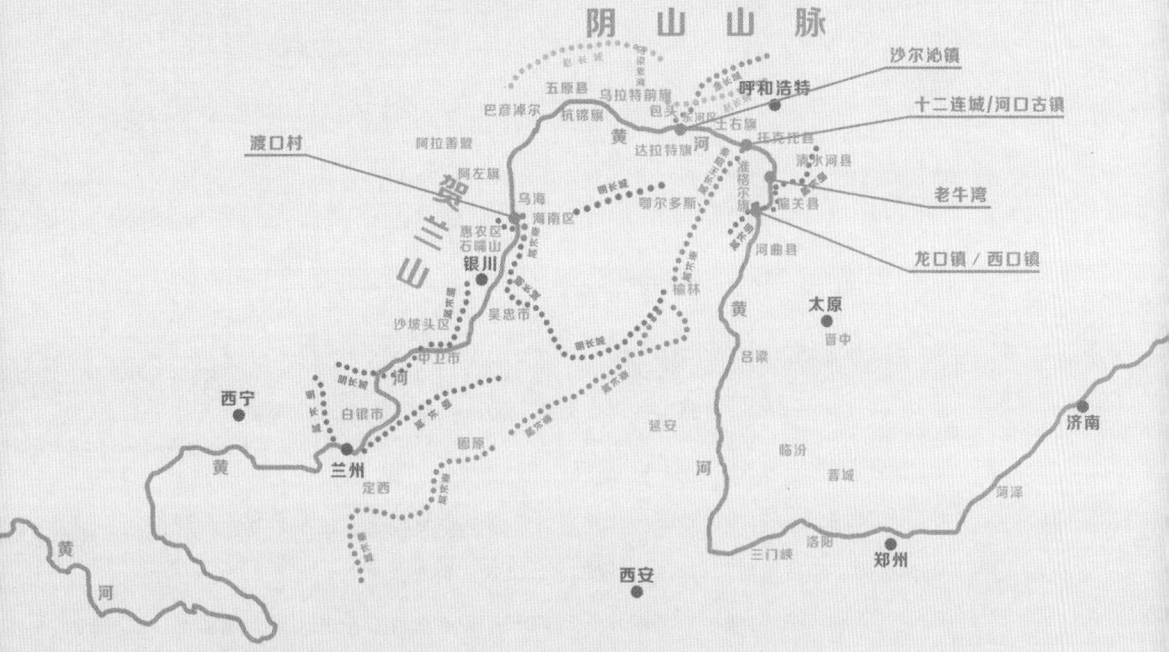

- 最"牛"黄河湾
- 黄河、高原、草原联手缔造国家地质公园
- 最长"河边长城"起点河湾
- 国家级长城重要点段榜上有名
- 黄河主题国家级旅游线路一马当先
- 长城主题国家级旅游线路抢占鳌头
- 三个"国字头"古村落强力支撑
- 地理分界线上的标志性符号

哪里是"黄河第一湾"？

目前，号称"黄河第一湾"的有一处——蒙晋老牛湾，而黄河还有晋陕乾坤湾，川青甘唐克镇"九曲黄河第一湾"等。

无论是"黄河第一湾"，还是"九曲黄河第一湾"，是要有一定的标准的，包括地理架构的突出地位、历史文化的重要性等。

"第一湾"需要分段限定。从黄河源头走出的第一道大湾、地理上最大的一道湾、人文历史上的第一道湾，还有上游第一道湾、中游第一道湾、下游第一道湾和黄河最后一道湾，另外九曲黄河第一湾、黄河第一湾等，含义都不一样。

不过，笔者认为"黄河第一湾"就是老牛湾，就是"长城拥抱黄河"的一连串黄河大湾的总和。

第一节

最"牛"黄河湾

黄河最"牛"的那个湾就是老牛湾。

在清水河县老牛湾的神牛广场,立着一块石碑,上面写着"黄河第一湾",是著名摄影家、内蒙古摄影家协会原主席额博先生撰写的,一块石碑成就了一个定位。在对面偏关县老牛湾景区的大门口,也赫然写着"黄河第一湾"的金字招牌。

在这里,"老牛湾"的地名甚是吃香。

在内蒙古这边叫老牛湾镇老牛湾村,山西省那边原来叫万家寨镇老牛湾村,2021年,山西省重新审批了一个老牛湾镇,也变为老牛湾镇老牛湾村。

如此一来,就在这个地方,蒙晋2个省区,2个老牛湾镇、2个老牛湾村、1个老牛湾国家地质公园、1个老牛湾堡、2个老牛湾古渡口,还有老牛湾长城、老牛湾景区,至少有10个"老牛湾",彰显了黄河"最牛"的一个湾的风采。

老牛湾从地理范围看是呼和浩特的老牛湾国家地质公园25平方千米范围内、鄂尔多斯80千米长的准格尔黄河大峡谷、山西省的老牛湾村、老牛湾堡及老牛长城的范围。

呼和浩特清水河县老牛湾镇是原单台子乡，总面积309平方千米，南与山西省万家寨镇（现已另设老牛湾镇）以长城为界，西南与鄂尔多斯市准格尔旗隔黄河相望。1961年建单台子公社，经历变更、合并，2012年恢复单台子乡，2015年5月27日，内蒙古自治区政府正式批复同意该县撤销单台子乡设立老牛湾镇，同年10月13日，清水河县老牛湾镇举行揭牌仪式，标志着老牛湾镇正式设立。

忻州偏关县的老牛湾镇于2021年3月8日设立，位于偏关县城西北部24千米处，镇政府驻老牛湾村，所辖老牛湾景区为国家AAAA级风景区，是偏关县的文化旅游重点乡镇。偏关县老牛湾村既是"黄河入晋第一村"，也是"黄河百里长峡中最美的回环"，刚健雄伟的万里长城与奔腾不息的黄河水在这里首次相聚，中华文明的两大象征在此深情握手，犹如挽成一个巨型中国结，形成"碧水依古

清水河县"黄河第一湾"石碑（摄影　宋和平）

第九章 黄河第一湾

清水河县老牛湾镇徽标（摄影 王东麟）

堡缠绵将醉，长龙饮深涧蓄势欲腾"的壮丽风景。

密集的"牛"地名，让老牛湾"一湾独大"，成为黄河最"牛"湾。

第二节

黄河、高原、草原联手缔造国家地质公园

万里黄河越高山、穿高原、过草原、抱长城。

黄河携手黄土高原、内蒙古草原一起缔造了国家地质公园，再加上长城的加盟，形成了独一无二的国家地质公园。

老牛湾国家地质公园整体上由"四湾二谷一长城"构成，"四湾"即老牛湾、城湾、太极湾、包子塔湾（山西也叫乾坤湾）；"二谷"即准格尔黄河大峡谷、杨家川小峡谷；"一长城"即以望河楼为龙头的老牛湾明长城，核心区面积25平方千米。

黄河快要进入山西境内时，在清水河县、准格尔旗呈现几个壮美的大"S"湾，黄河自北向南奔流而下，惊涛骇浪，汹涌向前，首先形成一个接近270°的大回环，原来名叫四座塔湾，后因极像周易八卦阴阳鱼的太极图案，现在名叫太极湾；后又与杨家川小峡谷相遇，形成老牛湾；再往前，形成2个360°大湾，即包子塔湾。

杨家川小峡谷原名太洛河，与明长城一个方向，传说宋代名将杨延昭镇守三

老牛湾国家地质公园局部美景（摄影　诺敏·何）

关（偏头关、宁武关、雁门关），于是将太洛河改名为杨家川。发源于山西省平鲁区，从山西的寺怀口正沟流入清水河县境，包括支流全长105千米。杨家川小峡谷注入黄河之河口就是老牛湾，也是著名的长城拥抱黄河之处。

2015年9月，国土资源部批准命名了老牛湾国家地质公园，在全国国家地质公园中排名第186位。老牛湾国家地质公园地质构造属"山西台背斜"与"内蒙古地轴"相接过渡带，是内蒙古高原和黄土高原交接处，拥有华北北缘最完整的一套古生代地层系统，真实地记录了地球十几亿年的海陆变迁历史，属于国内罕见的多种地貌单元交汇的综合性地质公园，因特殊的地质构造、地理位置、生态环境和气候条件，这里形成了集黄河、峡谷、瀑布、高原于一体的地貌景观。以

长城拥抱黄河

流水侵蚀地貌、黄土地貌、古生物化石、黄河水体、地层剖面等地质遗迹景观为核心景观，峰群耸秀，烟迷玉黛，如诗如画。同时，这里融合了厚重的历史文化与丰富的人文资源景观，使地质公园成为一个科学内涵丰富、文化特色浓郁、极具观赏性和科普性的国家地质公园，对研究黄河的形成与演化以及人类活动都有着重要的意义。

遥望老牛湾，看山西风情、草原风貌，览高原雄风，河谷两岸壁立千仞，河道中波涛汹涌，河岸上长城耸立，古村落守望相助，长城、黄河千古奇遇，高原与草原大气相逢，形成独一无二的地质奇观。

近处看，黄土高原200万年的沧桑显露无遗，内蒙古大草原傲视群雄，猛虎姿态展露，万马奔腾的黄河咆哮着，还有带着大海问候的万里长城，天、地、人合一，山、水、城凝聚。

呼和浩特市和鄂尔多斯市之间的黄河太极湾，见证了亿万年地理变迁（摄影　诺敏·何）

第九章 黄河第一湾

岸断千尺刀工精湛,峻崖悬空巧夺天工。黄河两岸山脊如龙如蛇,蜿蜒起伏,巨石林立。黄河大湾让悬崖让路,让峭壁敬礼。山河入怀,天地为抱。

高峡长谷,龙口可吞天。河湾臂长,龙脊可揽月。峰直壁立仰望蓝天,大河奔涌携手荒原。断崖千尺为丹青,石破天惊绘未来。

从喇嘛湾、城湾、乾坤湾、老牛湾到万家寨水库,沿河两岸群雄逐鹿,景致独特,岸上石壁犹如猛虎下山、老龙吞云、骏马腾空,构成独特的地貌景观。

黄河反复环绕出"S"形大湾,百里大峡谷,山河阔大,高峡雄壮,长城浩远,峰峦叠翠,绝壁悬崖,断崖千尺,群峰并峙。

山与河、水与石、城与村、直与曲、船与渡,山水游龙吹响集结号。转运"太极",扭转"乾坤",日月联手创新天,无愧为"黄河第一湾"。

- ☑ 阅读导览
- ☑ 了解长城
- ☑ 领略风光
- ☑ 探索发现

第三节

最长"河边长城"起点河湾

黄河转身,成就"黄河第一湾";高原抬手,绘制"中华长城古堡第一县"。

明长城从老牛湾到寺沟(今偏关县),长城与黄河并肩而行达40多千米,成为长城沿线长城与黄河二者并行最长之处,有"双龙"之称。

万里长城从鸭绿江绵延东来,翻越崇山峻岭,经山西省朔州市平鲁区进入偏关县及呼和浩特市清水河县境内,浩瀚西行,直抵黄河边的老牛湾,使得老牛湾堡成为明代万里长城山西段至关重要的桥头堡,也是河边长城的南行起点。

呼和浩特市清水河县明长城分布在其辖境东南部,全长155千米,北堡乡口子上村南有油磨山,是史籍中提到的"丫角山",即明代山西镇与大同镇的标志性分界线。在这一带,二边分布较为复杂,有三道,分别向西、西南、南三个方向延伸。而且,分布于山西腹地的山西内边长城也在这里与二边相交。[1] 丫角山明长城地位十分显赫,既是九边重镇太原镇和大同镇的交接处,又是起于北京八

---

[1] 杨建林. 呼和浩特市清水河县明长城述略[M]. 北京:现代出版社,2017:77.

第九章　黄河第一湾

清水河县与山西省偏关县交界的"九窑十八洞"（摄影　王东麟）

达岭长城，穿越北京、河北、山西、内蒙古4个省（区、市）内长城的终点站。丫角山对面的山上有明代长城著名的"九窑十八洞"与好汉山堡。站在好汉山上，南眺高原腹地，紫塞如龙白云卧；西望峻岭高端，古堡似剑峰巅悬。这幅古代军事文明与现代生态文明交相辉映的古战场复苏图，会令你久久驻足，久久遐思。

老牛湾并不是孤立的地理单元，它拥有深厚的历史底蕴，偏关县素有"中华长城古堡第一县"之美誉。"偏关县境内长城纵横交错，曲折蜿蜒，为我国万里长城的精华地段之一，被誉为'中华长城古堡第一县'。偏关也是山西省内长城里程最长的县。"[1] 老牛湾堡、老牛湾长城三面环水、两面连山，整体呈牛头形状，石碾、石磨随处可见，石墙、石院随形而就，村、堡就像一个经典的石头建

[1] 韩文. 黄河"湾区"故事多［N］. 人民日报海外版，2022-12-05（12）.

长城拥抱黄河

筑博物馆。老牛湾堡建于明成化三年（1467年），站立在老牛湾堡紧临黄河山崖上的砖砌空心镝楼即望河楼上，远望鄂尔多斯高原，近看黄河大峡谷，仰望呼和浩特山地，自豪感仿佛一股清泉，注入黄河。

直到如今，望河楼与长城气势连为一体，远远望去，长城、墩台、烽燧、亭障、烽火台绵延山脊，与老牛湾国家地质公园、准格尔黄河大峡谷形成自然风光、人文景观交相辉映的"黄河第一湾"的综合体。

这里早在汉代就设立渡口，明清以来成为黄河上中游重要的古驿，舟楫相遮，商贾云集，是一处繁华的商埠。人们以物易物，用牛羊牲畜交换粮食、布匹、铁器，老牛湾渐成市口、水旱码头，成为"走西口"、旅蒙商的通道和出发点之一。

老牛湾堡与丫角山长城、小元峁长城构成清水河县、偏关县百里中华长城古堡、烽燧的壮美风景线。

明代老牛湾堡守望黄河，这是河边长城起点（摄影　张伟）

第四节

国家级长城重要点段榜上有名

在老牛湾，黄河与长城时而握手，时而并行向南，黄河两岸称兄弟，长城两边是故乡。

老牛湾长城入选第一批国家级长城重要点段名单，这也是老牛湾作为"黄河第一湾"的重要砝码。

2020年11月，国家文物局公布的第一批国家级长城重要点段共计83段/处，其中秦汉长城重要点段12段/处，明长城重要点段54段/处，其他时代长城重要点段17段/处（包括战国秦长城5段，唐代戍堡及烽燧4处，战国燕长城2段，战国齐长城、楚长城、赵长城、魏长城各1段，金界壕遗址等具备长城特征的边墙、边壕、界壕重要点段2段）。在明长城54段/处中，老牛湾长城榜上有名，同时，也有明长城板申沟段、明长城小元峁段。这3段明长城都在呼和浩特市清水河县和山西省平鲁区偏关县交界处。

第一批国家级长城重要点段构成以秦汉长城、明长城为主线，与长征、抗日战争等重大历史事件存在直接关联。内蒙古纳入第一批国家级长城重要点段名单

壮观的清水河明长城与河边长城通过老牛湾堡连在一起（摄影 高晓梅）

的有15段/处，占比18.1%，具体为秦汉长城9段、明长城3段、战国秦长城1段、战国赵北长城1段、金界壕遗址1段。

　　国家重点长城点段相逢国家地质公园，山水有情，黄河得福。

　　长城犹如一幅塞上塞外拥抱的历史画卷，向黄河展开秀美画卷；在苍山巨石上刻出一道道沧桑的年轮。

　　河水端详山脊之上的老寨墙，生怕惊裂岸边的断崖。草木观赏大河之上的波涛，担心淹没长城的背影。

第五节

黄河主题国家级旅游线路一马当先

老牛湾是"全国最美十大峡谷"之一,也是第一批66个"内蒙古网红打卡地"之一。更重要的是,老牛湾入选了"黄河主题国家级旅游线路"的重要"节点"。

2021年6月初,国家文化和旅游部发布了10条黄河主题国家级旅游线路,其中第4条黄河生态文化之旅中就有老牛湾。中国要打造具有国际影响力的黄河文化旅游带,助力黄河流域建设彰显国家形象、具有国际影响力的区域旅游目的地。

10条黄河主题国家级旅游线路包括中华文明探源之旅、黄河寻根问祖之旅、黄河世界遗产之旅、黄河生态文化之旅、黄河安澜文化之旅、中国石窟文化之旅、黄河非遗之旅、红色基因传承之旅、黄河古都新城之旅、黄河乡村振兴之旅等主题线路。所有线路均立足全域统筹,以具有突出意义、重要影响、重大主题的黄河文化旅游资源为节点,串点成线,连线成廊,通过文化场景化、场景主题化、主题线路化的设计,全面展示真实、立体、发展的黄河流域,塑造中国黄

黄河主题国家级旅游线路景点之———呼和浩特市敕勒川草原风光

河整体形象,打造独具魅力的中华文化旅游体验。同时,为对接市场需求,满足游客实际出游需要,在主题线路框架下,精心设计了"重温河西走廊,探索丝路美景""传承红色基因,发扬红色文化""寻味晋陕,遇见黄河""领略黄河文化,品悦时代变迁"等40条黄河文化旅游带精品线路,编撰了《黄河文化旅游带精品线路路书》,书中涵盖行程规划、路况介绍、沿途城市和景区、游玩锦囊等旅游信息,吸引旅游爱好者发现和探索黄河文化与自然之美,让更多的人走近黄河、了解黄河、爱上黄河。

黄河生态文化之旅的线路组成为青海(青海湖、贵德国家地质公园等)—四川(若尔盖湿地、黄河九曲第一湾、九寨沟、黄龙等)—甘肃(兰州黄河风情线、黄河三峡风景名胜区等)—宁夏(沙坡头景区、沙湖生态旅游区、青铜峡黄河大峡谷等)—内蒙古(响沙湾生态旅游区、敕勒川草原文化旅游区、库布其七星湖沙漠生态旅游区、通湖草原旅游区等）—山西（吉县壶口瀑布、偏关老牛湾等）—陕西（宜川壶口瀑布、延川乾坤湾、华山等）—河南（天鹅湖国家城市湿地公园、郑州黄河国家湿地公园、兰考东坝头黄河湾风景区等）—山东（黄河国际生态城、黄河口生态旅游区等）。这条线路的特点是黄河发源于青藏高原巴颜喀拉山北麓，西接昆仑山，北抵阴山，南倚秦岭，东临渤海，从西到东横跨青藏高原、内蒙古高原、黄土高原和华北平原四大地貌单元，沿途有高山、湖泊、草原、湿地、冰川、峡谷、平原等各种景观类型。近年来，黄河沿线各地践行"绿水青山就是金山银山"的理念，全面推进生态文明建设，黄河流域生态环境持续明显向好。游客可欣赏青海湖、黄河九曲第一湾、黄河三峡、壶口瀑布、黄河入海口湿地等标志性自然景观，亲身感受黄河豪放与婉约并存的自然景观特色，深刻领会这一理念的科学内涵。

在第9条线路"黄河古都新城之旅"中有呼和浩特，相当于覆盖了老牛湾。

准格尔黄河大峡谷景区核心区（景区供图）

长城拥抱黄河

呼和浩特的中国优秀旅游城市标志（摄影　宋和平）

这条线路是西宁—兰州—银川—呼和浩特—榆林—韩城—西安—大同—平遥—太原—洛阳—郑州—开封—安阳—泰安—济南。城市是文明传承的核心载体，黄河流域拥有中国八大古都中的5个。该线路以黄河流域历史文化名城为依托，集中展现西安、洛阳、开封、安阳、郑州等黄河流域古都古城的历史文化内涵和现代城市文明成就，让游客体验中华文明五千年的生生不息与新时代建设的辉煌成果。

第六节

长城主题国家级旅游线路抢占鳌头

2022年9月，国家文化和旅游部发布了8条长城主题国家级旅游线路和62条长城主题精品线路，全面展现长城沿线文物和文化资源，生动呈现万里长城之美。

在8条长城主题国家级旅游线路中，老牛湾出现了5次，是频次最高的景区。

8条长城主题国家级旅游线路就是要探索长城资源保护传承利用的新路径，塑造万里长城整体形象，讲好长城故事，推进长城国家文化公园建设，打造独具魅力的中华文化旅游体验。

8条长城主题国家级旅游线路分别为长城文化遗产探访之旅、长城红色精神传承之旅、长城冬奥冰雪运动之旅、长城自然生态休闲之旅、长城多元文化体验之旅、长城古城新貌发现之旅、长城古村名镇寻访之旅和长城多彩艺术感悟之旅。

所有线路均充分考虑各时代长城文物和文化资源的空间分布特征、历史文化科学价值、景观游览价值、保存完整性和规模丰度以及开放利用程度等，通过差异化的特色主题，全面展示长城的自然和文化景观，打造独具魅力的长城旅游新

长城拥抱黄河

体验。所有线路设计均坚持"保护优先、合理利用"的原则,严格遵循《长城保护条例》,倡导文明旅游、安全出行,未选取没有对外开放的长城点段,以引导广大游客摒弃攀爬野长城等行为,共同加入到保护长城文化遗产,守护中华精神家园的行动中来。

　　老牛湾入围的第一条线路叫长城文化遗产探访之旅,整体线路组成为黑龙江(1景区)—辽宁(2景区)—河北(4景区)—天津(1景区)—河北(1景区)—北京(5景区)—河北(1景区)—山西(4景区,其中之一就是偏关老牛湾景区)—内蒙古(黄河大峡谷·老牛湾旅游区)—陕西(1景区)—宁夏(2景区)—甘肃(1景区)—青海(1景区)—甘肃(1景区)—新疆(1景区)。长城

准格尔黄河大峡谷见证"河边长城"守卫母亲河(准格尔黄河大峡谷景区供图)

第九章　黄河第一湾

长城拥抱黄河的老牛湾（摄影　王东麟）

是中华民族的代表性符号和中华文明的重要象征，是我国现存体量最大、分布最广的世界文化遗产，是人类历史上的伟大建筑奇迹。本线路以明长城为主干，串联起以明长城精华段落为核心的旅游景区，展示我国古代的建筑技术和军事防御思想，让人们在领略长城壮美雄姿的同时，了解长城沿线地区波澜壮阔的历史和丰富多彩的文化，增强文化自信和民族自豪感。

在第4条长城自然生态休闲之旅中，清水河老牛湾国家地质公园赫然在列。这条线路组成为黑龙江（1公园等）—吉林（2公园等）—辽宁（3公园等）—内蒙古（清水河老牛湾国家地质公园、乌拉山国家森林公园、阿力奔草原天池生态旅游区、额济纳胡杨林旅游区、克什克腾世界地质公园等）—北京（1公园1旅游区等）—天津（1公园、2风景区、1名胜区等）—河北（4公园、2名胜区等）—山东（1公园等）—河南（1文旅融合区等）—陕西（1公园、1风景区等）—宁夏（1公园、1保护区等）—甘肃（1景区、1军马场等）—青海（1公园、2名胜区等）—新疆（1景区等）。该线路跨沙漠、跃草原、登高山、傍黄河，横扫千里戈壁，饮渤海波涛，长城与沿线地区广袤的山岭、草原、森林、戈壁、沙漠、黄河等生态资源交相呼应。该线路依托长城沿线各类自然景观资源，阐释人与自然和谐共生的价值理念，让人们欣赏人与自然和谐共生的雄浑壮丽景观，深刻领会"绿水青山就是金山银山"理念的科学内涵，培育热爱祖国大好河山的情怀。

　　在第7条长城古村名镇寻访之旅中，内蒙古的老牛湾镇和山西省的老牛湾村入选。线路组成为辽宁（2村等）—北京（2镇9村等）—天津（1村等）—山东（4村等）—河北（7村等）—河南（1村等）—山西（1镇3村等，其中之一就是忻州市偏关县老牛湾镇老牛湾村）—内蒙古（呼和浩特市清水河县北堡乡老牛坡村、北堡乡口子上村、老牛湾镇、乌兰察布市丰镇市隆盛庄镇隆盛庄村等）—陕西（1镇3村等）—宁夏（4村等）—甘肃（1镇等）。长城沿线村镇，或依山傍水、幽静秀美，或保存了大量古迹，或拥有独特的民俗风情，有着无可替代的文化价值，是中华文化传承的鲜活载体。长城国家文化公园建设的推进，让古村镇在文化和旅游融合发展中焕发生机与活力，开启了新时代乡村振兴的新篇章。

第七节

三个"国字头"古村落强力支撑

老牛湾周围拥有3个国家级古村落，构成了"黄河长城最美乡村风景线"。

内蒙古和山西的两个老牛湾村都获得了国家级古村落称号。2016年9月，清水河县老牛湾村既获得国家级古村落称号，又获得国家农业部"中国美丽休闲乡村"称号，为建设美丽中国增加了光彩。建设美丽休闲乡村就是要传承农耕文明、保护传统民居，培育消费新增长点，增强乡村经济发展新动能，推动农业供给侧结构性改革，带动农民就业增收、促进新型城镇化和城乡一体化发展。2016年3月，《人民日报》推出的全国美丽乡村评选活动公布投票评选中，清水河县老牛湾村位居投票榜第三名。

2016年，忻州市偏关县黄河岸边老牛湾村入选国家住房和城乡建设部公示的全国第二批"中国传统村落名录"。中国传统村落指拥有物质形态和非物质形态文化遗产，具有较高的历史、文化、科学、艺术、社会、经济价值的村落，承载着中华传统文化的精髓，是不可再生的文化遗产。老牛湾村村址有3个建筑群，其中2个老建筑群一个是石山古堡，一个是已荒废多年的老居住区，紧挨着村民现在的居住区。老建筑群坐落在山坡上，其间的建筑物几乎都由石头砌成，已荒废多年，窑洞间的空地上杂草丛生。老牛湾村另一个老建筑群是石山古堡，这个建筑群建在一座石山顶部。这座石山是一个奇观，它从河岸边突出，斜插入流经老牛湾村前的黄河河道。古堡建有门楼、古堡、石板路、窑洞。古堡建筑群格局错落有致，宛如一个棋盘，石山上突出有一个外形如同烽火台的建筑物，即望河楼。

在老牛湾国家地质公园附近还有一个国家级古村落——准格尔旗魏家峁镇崔家寨古村。

准格尔旗崔家寨也叫包子塔，有"黄河第一石寨"之称。2014年，被住房和

黄河岸边的手工业古村落，蒙晋陕地区重要的瓷器生产地——清水河县黑矾沟村，如今已成为历史记忆（摄影 宋和平）

第九章 黄河第一湾

崔家寨冬景（景区供图）

城乡建设部、文化部等6部委联合评为"中国传统村落"。延绵的黄土高原与高峻的鄂尔多斯高原争峙，黄河峡谷内百米高的陡崖刀切斧断，地理上的峥嵘造就了大地奇观。包子塔在黄河大峡谷横空出世，三面环水，一线通陆，南望中原，背倚草原。雄、奇、险、绝，形同孤岛。山道如龙蛇般蜿蜒起伏于陡崖峭壁间，最窄处仅几米，悬崖下黄河波涛汹涌。石寨居高临下，危崖横墙，寨内寨外，石道、石屋、石村落成群。

崔家寨是准格尔黄河大峡谷旅游区的一部分，是国家AAAA级景区，位于准格尔旗魏家峁镇杜家峁村，距准格尔旗政府60千米。中国传统村落与万家寨水库、太极湾、包子塔湾、天地根等历史、人文、自然景观，是黄河流域上最具特色的峡谷地貌，也是"中国最美十大峡谷"之一。崔家寨已有170余年的历史，传统村落内有油坊、豆腐坊、酒坊、醋坊、婚庆院、学堂、古窑洞客房等不同类型的农耕生活文化展览和演绎展示房30间。

踏上铺满石板的幽深古道，穿梭在迂回曲折的古村旧巷，迈入一扇扇柴扉半

崔家寨中国传统村落（摄影　宋和平）

敞的老宅，触摸着斑驳雕磨的门窗。在这里，与一个乡土气息纯粹的古寨来一场美丽邂逅。

第九章 黄河第一湾

第八节

地理分界线上的标志性符号

气候、地貌往往决定生产生活条件,所谓的南方与北方主要是由气候条件决定的。

明代长城正好建于中国400毫米等降水量的地理分界线上。明代长城的布设与自然地理环境息息相关,形成了天人合一的默契。

从地理形态上来看,明长城正好是中原与草原的过渡地带;从生产力和生产关系的角度来看,明长城是农耕经济和游牧经济的分界线。

黄河从这里挺进中原,老牛湾就是中国400毫米等降水量线上农耕文明和游牧文明接壤处的一个"标点符号"。

中国近代史上有一条著名的"胡焕庸线",即中国人口分布分界线和气候分界线,就途经老牛湾国家地质公园。

1935年,中国著名地理专家胡焕庸先生提出"黑龙江省黑河(瑷珲)—云南省腾冲线",即"胡焕庸线",首次揭示了中国人口分布规律:自黑龙江瑷珲至云南腾冲画一条直线(约为45°),线东南之地以36%的土地供养了全国96%的

人口；线西北64%的土地仅供养4%的人口。二者平均人口密度比为42.6∶1。

老牛湾见证了中国农业与游牧业的交叉路口，这里是中原与草原、塞上与塞外、口里与口外的"十字路口"，是一个特殊的地理单元。"正是在黄河、长城一线，我们看到中华民族大融合中的那些最先、最快、最结实、最美妙的结晶体。因此，可以说，万里长城自构筑的那天起，就成为中华民族大一统的象征。2000多年来，任何人都没有能从认识上割裂万里长城，因而也就无法割裂中华民族。长城对中国人来说，是意志、勇气和力量的标志，象征着中华民族的伟大意志和力量。从胸腔中唱出的《义勇军进行曲》，使长城在人们心目中已升华为勤劳、智慧、百折不挠、众志成城、坚不可摧的民族精神和意志，增强了中华民族

呼和浩特市清水河县北堡明长城（摄影　王东麟）

的自豪感、自信心和爱国热情。"[1]

自古以来，多少人盯着长城一线，多少人在这条线上读懂了中国文化。要想了解中原与草原的"和而不同"，以老牛湾为代表的黄河符号、长城符号最有发言权。"中国的农耕民族与游牧民族，在北方地区相互接壤，绵延万里，本是人为修筑的防御工事长城，其沿线逐渐成为空间上农牧业生产的分界线，游牧者与耕田人分野、缠斗的分界线，进而演变为中原文明与北方边疆文明、农耕文明与游牧文明的分界线"。"在北方长城地带，考古成果表明，农耕社会的发生早于游牧社会。中国的农耕民族和游牧民族长期在400毫米等降水量线一带对峙，

[1]　韩子勇. 黄河：一部中华民族的伟大史诗［N］. 光明日报，2019-12-13（14）.

清水河县黄河岸边五谷香（摄影 宋和平）

清水河县黄河岸边海红果（摄影 宋和平）

形成农牧交错的地理区域。长城正是农耕民族为防止游牧民族的入侵和骚扰，在400毫米等降水量线一带修建的人工防御工程。400毫米等降水量线并非固定不变，而是一条动态变化的界线，游牧农耕交错带和长城也随之移动。农耕民族曾经不止一次地突破这条分界线，但是始终没有在草原地区建立长期的有效统治。游牧民族也曾长驱直入，跨过这条分界线，甚至入主中原，但是在夺取农耕区后，迅速地适应并转化为农耕民族的生活方式。"[1]

黄河岸边，长城脚下，见证农耕文明和游牧文明的交流与交融，曲折而灿烂，绵延而弥新。

☑ 阅读导览
☑ 了解长城
☑ 领略风光
☑ 探索发现

---

[1] 徐永清. 再现一道生龙活虎的长城［N］. 光明日报，2021-03-04（11）.

后　记

两千岁的长城拥抱百万岁的黄河

黄河从世界屋脊走来，从一百多万年的历史中走来；长城从大海边走来，从历朝历代追求安宁的梦想中走来，扶着古代劳动人民勤劳勇敢、自强不息的肩膀走来。

两千多岁的长城"追随"百万岁的黄河，镌刻了北疆文化的精彩篇章。

长城拥抱黄河，就像坚强的中华儿女拥抱神圣的母亲。

长城拥抱黄河，意味着中华文化根脉相连、血脉融通。

走进内蒙古、山西、陕西、宁夏、甘肃这些长城与黄河心心相印的地方，我们感受到了两千多岁的长城拥抱百万岁黄河的坚定信念。

《长城拥抱黄河》这本书，与历史有约，与地理有约，与生态有约，与非物质文化遗产有约，展现了丰富的北疆文化之一隅。

《长城拥抱黄河》这本书，为人文歌唱，为高原写真，为草原书写，为平原作诗，为山脉素描，为河流美颜，为沙漠点赞，展现了北疆文化的活水源泉。

《长城拥抱黄河》这本书，多层次挖掘长城拥抱黄河的重要历史现象、文化现象、地理现象，多角度探寻绿色黄河的缘由，展现黄河生态文化，仿佛黄河的一段波浪，掷地有声、激活历史。

后　记　两千岁的长城拥抱百万岁的黄河

感恩奋进，方可圆梦。我十分感谢在《长城拥抱黄河》一书采访、调研、创作、修改过程中给予支持、指导和关怀的各有关单位领导和社会各界人士。感谢内蒙古自治区工商联（总商会）有关领导的厚爱、关怀。

在本书创作过程中，还特别得到了呼和浩特市敕勒川文化旅游创意中心、呼和浩特市文化旅游产业协会等的大力支持。感谢著名航空摄影师诺敏·何老师、北疆新闻网张伟老师、准格尔旗摄影家赵刚老师，还有任彬、王东麟、蔺镇君、赵鹏等献上的精美图片，让本书图文并茂、光彩照人。

《长城拥抱黄河》是大家联手奉献的一份礼物，弘扬长城文化、黄河文化。我们呼吁全社会一起保护环境、爱护黄河，让绿色长城拥抱绿色黄河成为中华文化中的一颗璀璨明珠。

宋和平
黄河正绿的季节

- 阅读导览
- 了解长城
- 领略风光
- 探索发现